L'incanto delle piccole cose

Ilaria Palmosi

L'incanto delle piccole cose

BOOKME

Prima edizione aprile 2015
www.deagostini.it
Redazione: Corso della Vittoria 91, 28100 Novara

License agreement made through: Laura Ceccacci Agency

Questo romanzo è un'opera di fantasia. Nomi, personaggi, luoghi e avvenimenti sono frutto dell'immaginazione dell'autore o usati in modo fittizio. Ogni somiglianza a luoghi o eventi reali nonché a persone realmente esistenti o esistite è non voluta o puramente casuale.

A te e ai nostri figli,
la musica più dolce del mio cuore.

Prologo di Doralice

«Muoviti!» strilla Anna, mia sorella, in sella alla bicicletta rossa fiammante. Davanti a lei, sulla stradina piena di buche e di sassi, Carla Piena, Rosa Nitti e il Pugno.

Vorrei implorarli di rallentare, ma risparmio il fiato e spingo sui pedali con tutta la forza che ho. Loro quattro e io, la più piccola, in mezzo ai boschi di Trovadì. In testa al gruppo, Carla fa segno. «Di qua!» e scompare alla vista.

«Dài, polenta!» mi sprona Anna. Caccia fuori la lingua e segue gli altri giù per il viottolo. Adesso sono sola sul sentiero e ho paura. Non ho neppure dieci anni per morire, luglio è ancora lontano. Grido il nome di mia sorella ma mi risponde il silenzio del bosco. Con le mani che sudano e l'ansia che mi martella la nuca giro la bici e pedalo – verso casa, o almeno spero. Ma nella fretta slitto su un sasso, perdo il controllo e cado lunga distesa tra il ghiaino e le erbacce. Perdo sangue dal ginocchio, allora sì che piango, piango disperata che qualcuno mi aiuti.

«Bambina?». È la Maga. La Maga di Trovadì, quella che ti guarda e sa come muori. È spuntata dalla sua casetta: un po' di fumo dal comignolo, finestrelle piccole e acciaccate.

«Ti sei fatta male?».

Non riesco ad aprire bocca. I suoi occhi sono due spilli puntati nei miei.

«Sei degli Incanto?».

Mi alzo, afferro il manubrio e provo a camminare.

«Doralice, giusto? Conosco tuo padre, vieni qui, fammi vedere che ti sei fatta...». Mi offre un sorriso sdentato, la pelle del collo grinzosa che pare un tacchino, i capelli legati in una fragile crocchia. Lo sguardo è quasi magico, occhi verdi con una punta giallina. Mi tende la mano. La pelle del palmo è liscia e calda. «Non preoccuparti... è solo un graffio» sussurra. «Vieni, entra, lo sistemiamo in un attimo».

La porta scricchiola. La casa è fresca e avvolta nella penombra. Pochi mobili e l'odore dolce del legno. Due gatti neri passeggiano sinuosi sul tavolo. Li osservo e penso che allora è davvero una strega, che adesso muoio, muoio di sicuro. "Doralice: la bambina morta di Trovadì". A papà verrà un colpo e Anna resterà in castigo per almeno tre mesi. La Maga indica una sedia e io prendo posto, obbediente. Armeggia intorno alla credenza e poi mi spalma un intruglio verdastro sopra il ginocchio.

«Vuoi essere felice, Doralice Incanto?» chiede guardandomi dritto in faccia.

Annuisco appena.

«La tua vita sarà lunga, talmente lunga da dover essere donata. È questa la via, il varco segreto: attraversalo e sarai felice». I gatti neri danzano languidi ai nostri piedi, incrociano le code, si strusciano contro la sedia.

La voce di Anna mi fa sussultare. Oltre il vetro della finestra la sua bicicletta è una scia rossa che scompare veloce tra gli alberi. Scatto in piedi, mormoro un «Grazie» e mi precipito fuori. Appena il tempo di constatare che il ginocchio non mi fa più male e inforco la bici. Pedalo, pedalo furiosamente finché tra gli alberi non spunta la schiena di mia sorella.

Un anno di lettere per te

Quando qualcuno scriverà il mio necrologio, reciterà più o meno così:

> Antonia Teresa Finzetta, in arte Gilda, lascia una vita piena di niente, ventidue abiti da sera, una dozzina di boa di struzzo, mille libri di gente più brava di lei, una raccolta di menu take-away catalogata con cura e Sophia, una pianta grassa col fondoschiena della Loren.

Forse se ne occuperà Santiago, il ragazzo del ristorante argentino a tre vie da qui. O forse no. Se non fosse schiattato prima di me, avrebbe potuto scriverlo Oreste, il vicino del piano di sotto. Al suo ho pensato io. Avevamo un patto: tu aiuti me, e io aiuto te. Qualche volta gli chiedevo in prestito un rotolo di carta igienica o uno sturalavandini e lui, sorridendo, mi accontentava.

Non saprei dire quanti vecchi vivano in questo palazzo; ogni tanto ne vedo qualcuno seduto sulla panchina in cortile. Guardano tutti il mondo con lo stesso sguardo d'invidia. Invidiano la vita che non c'è più a chiunque ne sprizzi anche solo un pochino.

Io invece non invidio nessuno.

C'è stato un tempo in cui mi consideravo scrittrice, ma il mio sogno di oggi è fare un film tutto mio, ho il copione quasi pronto, s'intitola *Paillettes*. È la storia di una persona inutile, un po' come me.

Di una cosa sono convinta, la solitudine è la condanna peggiore.

Una che stava sopra la mia cucina l'hanno trovata che se n'era andata da una settimana.

Mi spaventa, questo perdere dignità persino nella morte.

Sono più di vent'anni che non esco di casa. Incredibile.

Guardo fuori dalla finestra, spio il mondo dall'alto di un loculo sospeso nel cielo: sto al quinto piano, e mi piace – l'altezza, intendo.

L'ultima volta che ho messo piede in cortile era un mercoledì di novembre. Non che l'abbia proprio deciso, è stata una presa di coscienza graduale. Quasi non me ne sono accorta che il mondo perdeva colore. Adesso ci sono momenti in cui vorrei sentire di nuovo l'aria di maggio sotto il vecchio pesco che ha quasi i miei anni. Ma resto qui, è più forte di me. Non ce la faccio. Un tuffo nel cielo, ecco che cosa sogno, con le braccia aperte spiccare il volo e vedere ogni cosa dall'alto. Solo così il mondo mi sembrerebbe diverso, e forse osserverei quel dimenarsi per nulla, che è di tutti, con meno fastidio.

Forse ne percepirei il senso nascosto, o forse no.

Oreste è morto guardando le stelle dalla sua finestra, si sentiva un vecchio saggio. Ma qualsiasi deficiente può contemplare il cielo e sentirsi Sartre. Io penso ai miei libri, che è meglio.

In fondo, tu sei stato fortunato a non conoscermi.

Puoi credermi, non ti sei perso granché.

Gilda

1

Doralice

«Perruzzi, e allora?!».

«Scusi, prof…». Si alza e lentamente si avvicina alla cattedra. Perruzzi, ultimo anno di liceo: occhi da selvaggio, gambette tozze e braccia lunghe, sproporzionate.

«Ecco il tuo compito. Ho apprezzato lo sforzo, dico sul serio, peccato che la "canna" su cui dovevi riflettere non fosse propriamente quella da pesca!».

Aria mortificata e passo fiacco di ritorno al banco.

«Farai meglio la prossima volta!». Provo a incoraggiarlo.

Perruzzi sospira. «È che questo Pascal io proprio non l'ho capito, prof!».

«Sai che novità…» sibila Viola Carti, la secchiona della prima fila.

«Ma dài, è uno che la sfortuna se la tira addosso da solo, quello lì! Uno sfigato, ecco».

Apro la bocca per protestare ma Livi è più veloce di me. «Prof, mercoledì, per il cineforum... *Natale a Miami*?».

«Livi, ti ho già detto che non se ne parla. Finiscila di insistere se non vuoi vedere *La corazzata Potëmkin*!».

Drinnnnnnnn: la campanella suona prima che Perruzzi possa lanciarsi nell'imitazione di Ugo Fantozzi.

Divampare di voci, stridio di seggiole, qualcuno esulta, un altro improvvisa una danza e un gruppetto batte le mani. «Buon fine settimana, ragazzi» ed esco con cinque libri in mano e la tracolla piena. Pia mi intercetta a metà corridoio. «Doralice... ti vogliono in segreteria!». Aggrotto la fronte non presagendo nulla di buono.

Me ne sto seduta sul divano. Seduta e disoccupata a guardare un punto inutile del muro. Studio una tela di ragno e mi consola il pensiero di non essere nata insetto. «Basta poco a consolarci perché basta poco ad affliggerci». Ormai Pascal ce l'ho nella testa, si rivolge a me con l'insistenza di un grillo. Con quei quattro capelli e lo sguardo sornione sembra che voglia prendermi in giro. Mi parla, non faccio per dire, sento proprio la voce! Sto forse impazzendo?

Taci, bugiardo di un francese, se sono ridotta così la colpa è solo tua!

O meglio, la colpa è della mia prof di Filosofia del liceo. È stata lei a farmi conoscere Blaise. «L'uomo è una canna al vento» declamava dimenando le braccia, lo sguardo ispirato. «Si piega ma non si spezza. Lo capite, ragazzi?».

Questa semplice frase pronunciata con tanto trasporto mi ha scoperchiato la testa come un apriscatole. Ho sentito che la paura che certi giorni mi strizzava lo stomaco non era soltanto mia. Ero una canna, una canna al vento, e quel tale, Pascal, lo aveva capito molto prima di me.

Dunque, è l'11 gennaio e mi sento più "canna" che mai: ho perso il lavoro, ancora una volta. Come ci arrivo a fine mese? Chi glielo dice ai miei? Provo a scacciare l'ansia che mi artiglia lo stomaco. Niente da fare. Volto lo sguardo e vedo sulla mia scrivania i *Pensieri* di Pascal in mezzo a una slavina di altri libri, e pagine e pagine di note sparse e appunti.

Non dovevo perderla la supplenza, la segretaria me l'aveva assicurato. «Arrivi fino a giugno, Doralice, su con la vita!». Le facce da cuccioli troppo cresciuti dei miei studenti, spaurite o spavalde a seconda dei casi, mi scorrono davanti agli occhi. Proprio adesso che cominciavamo a ingranare. Mi ero ingegnata di proporre loro qualche piccolo extra rispetto al programma: minicorso di scrittura creativa e, ogni mercoledì, un vero cineforum. Per fine anno li avrei portati a Torino, a visitare il Museo del Cinema, mica la solita pizza...

«Prima di chiedermi altri soldi, buttati sotto un treno!». L'eco delle minacce di mio padre mi riporta alla realtà. E adesso cosa mi invento? Pascal, perché non parli?

Mi sono diplomata con cento e tutti pensavano che avrei fatto grandi cose. Fino a quando ho annunciato l'intenzione di iscrivermi a Filosofia.

«Ti dà di volta il cervello?!» ha sghignazzato Anna, mia sorella maggiore.

Mio padre si è chiuso in un accigliato silenzio; mia madre si è messa a blaterare della figlia della sua migliore amica che si era iscritta a Medicina, del figlio di Decimo, il macellaio, che stava finendo Giurisprudenza.

La professoressa di Lettere mi ha telefonato per *supplicarmi* di ripensarci. Come se l'umanità fosse sul punto di perdere una clamorosa occasione, come se lo spreco si annunciasse davvero troppo grande.

Ma io ero sicura, inamovibile, e alla fine, chi più chi meno, se ne sono fatti una ragione.

Nei miei progetti mi vedevo postdottorato a trent'anni e associato sui trentacinque. A quel punto avrei incontrato un uomo magnifico con il quale sfornare due figli, un maschio e una femmina, stile Mulino Bianco. Con tata fissa, però, sennò fai una fatica bestia.

Magari sarei andata a vivere all'estero; i maggiori editori si sarebbero contesi i miei scritti e *Vanity Fair* o *Cosmopolitan* mi avrebbero intervistato per la rubrica

CERVELLI IN FUGA

«Doralice Incanto, dica la verità, se lo aspettava tanto successo in così breve tempo?» mi avrebbe chiesto una giornalista troppo truccata e con la sciarpa rossa al collo, ultima traccia di un passato da pasionaria.

«No» avrei risposto io, umile e sincera.

«Che altro si aspetta dal futuro?».

«Dei figli...» non sapendo che altro desiderare.

Ecco: una vita così la credevo possibile. Se studi, se ti impegni, se sei intelligente. Invece ho trent'anni e sono una supplente precaria, il che è come dire una foglia d'autunno. E infatti mi hanno appena revocato l'incarico.

Almeno avessi una vita privata decente. Un uomo che mi aspetta a casa per cena, uno che magari ha fatto il provino per MasterChef e che mi sorprende con una crudité di scampi, uno che mi ama per quello che sono anche quando ho le occhiaie e litigo con Pascal. Dove sei uomo perfetto, dove?

Invece ho avuto solo tre storie, finite l'una peggio dell'altra.

Fino ai diciotto anni ero una specie di suora che non aveva mai baciato nessuno e viveva di libri e di cinema. Poi ho incontrato Andrea. Uno dei centri sociali, molto, ma molto più sgamato di me. Ci siamo "visti" per tre anni: a lui non andava di dire in giro che stavamo insieme, perché faceva vecchio. Poi dall'oggi al domani non ci siamo visti più e io sono quasi annegata nelle mie stesse lacrime.

Dopo un po' ho conosciuto Gilberto. Neanche a dirlo, tutto l'opposto di Andrea. Il classico tipo tranquillo, posato, che rassicura la mamma. Il tipo che stira i calzini, che non mangia mai sul divano e conserva i tappi delle bottigliette di plastica perché... Vai a capirlo, il perché!

Quando l'ho lasciato non si è strappato i capelli. Ha sospirato che gli seccava aver già versato la caparra per le vacanze ed è sparito dalla mia vita per sempre.

E io di nuovo a farmi consolare dal mio Blaise, dalle sue parole giuste.

Mio padre, invece, è corso a stappare un prosecco dei Colli.

«Fuori i coglioni da casa Incanto!». Mi ha allungato un bicchiere stracolmo e abbiamo brindato mentre mia madre e mia sorella ci guardavano scandalizzate. A loro Gilberto piaceva, tant'è che ora Anna è fidanzata con suo cugino Gregorio. Un santo, ogni volta che lo vedo mi viene in mente papa Gregorio I. Pelato, con la testa inclinata e le braccia conserte, pronto per la beatificazione.

Poi è arrivata la delusione vera, la numero tre. Mattia.

Ecco, di lui credo di essermi innamorata. Con quegli occhi scuri che mi azzeravano i pensieri e la voce come una carezza. Volevo andarci a convivere, fantasticavo persino, in un futuro lontano, di un figlio con i suoi occhi e le mie labbra. Siamo rimasti insieme quattro anni. Sono per le storie lunghe, io. Mattia, invece, era per le storie *multiple*.

Per tutto il tempo è andato avanti a raccontar bugie, sereno, sicuro, senza mai tradirsi. È stata l'altra di turno, a telefonarmi, sennò sarei ancora lì a farmi prendere in giro. Mi ha urlato, cattiva, che Mattia era un vigliacco, ma che adesso aspettavano un figlio e il tempo per i giochetti era bell'e finito.

Le sue parole mi hanno trafitta come una lama e quando, piangendo di rabbia, sono corsa ad affrontarlo, Mattia non si è neppure scomodato a negare. Nel petto mi si è aperto un dolore acuto, straziante, come di un vetro che si frantuma. Un cuore che si spezza.

In quel momento ho deciso che l'amore è una fregatura, perché quando ti dai sei vulnerabile. E quando sei vulnerabile, sei indifeso.

«Indifeso un corno!» ha abbaiato papà, invece di consolarmi. «Se ti piace sentirti una cacca di cane, accomodati! Ma non sperare che io ti compatisca» soffiandomi in faccia il fumo della sua schifosissima pipa.

Ho provato a dargli retta. Mi sono rialzata e ho cercato di far finta di niente. Di concentrarmi sullo studio. Tanto quello giusto arriva, prima o poi. Come Richard Gere nella scena finale di *Pretty Woman*, con un mazzo di rose e un futuro d'amore in tasca. Almeno spero.

E adesso sono disoccupata. Magari avessi ancora la supplenza; fino a giugno avrei uno stipendio assicurato e un posto dove andare ogni mattina.

E invece… Ecco che mi si riaffaccia alla mente Pascal con la sua "canna al vento" e le sue balle esistenzialiste.

Infatti sono una *canna* sbatacchiata dalla tempesta, senza un posto, senza un lavoro, senza un senso qualunque. Abito in via dei Caduti 38 e oggi mi sembra la via giusta. In questo monolocale che gratta il cielo come per togliergli un po' di ruggine. E tutto intorno altre case, finestre da cui sbucano sguardi uguali al mio. Sguardi che spiano altri sguardi, occhi affamati che non sanno guardare davvero.

Il mio appartamento è una stanza più il bagno. Ho cercato di renderlo il più accogliente possibile, ma rimane quello che è. Una stanza, punto.

L'ho riempita con tutti i miei libri, i miei film, la mia musica. Però se la mangia una muffa che non se ne va neppure con la candeggina. Una patina fina e arrabbiata che non si toglie. Ci sono tre vetri rotti lungo le scale del condominio, ma non gliene frega niente a nessuno perché non ci sono bambini, qui. Per fortuna mia madre non è mai venuta a trovarmi, altrimenti mi darebbe il tormento per via dello squallore.

Dunque sono precaria.

Vorrei che Pascal mi spiegasse se va bene così. A volte mi piace questo essere in movimento, una scheggia impazzita libera di conficcarsi dovunque. Ma certi giorni la sento la mancanza di un centro: un lavoro contro cui imprecare, un uomo da insultare, del tempo libero da rimpiangere, un collega di cui sparlare.

Poi chiamo i miei, a Trovadì, e mia madre mi racconta le ultime imprese di mia sorella. L'invidiabile Anna, con i suoi master di questo e di quello, con la sua laurea giusta, il lavoro giusto e l'uomo giusto che la ama.

Se qualcuno chiede alla mamma come sta Anna, lei si emoziona nel rispondere che è un'esperta di diritto d'impresa, che vive a Londra in una casa così bella da non potersi descrivere e che il suo fidanzato ha il conto in banca di Donald Trump.

Di me, invece, parla a denti stretti. Ma sono sana ed è felice lo stesso, o almeno fa finta. L'unico che mi rispetta davvero è mio padre, perché ci assomigliamo. Lui ha fatto il giornalista per anni, poi si è stufato e si è messo a produrre il vino.

Quando gli prende il cattivo umore si ubriaca, allora sì che diventa felice. Mi racconta i fatti suoi come un fiume in piena ed esclama che faccio bene a inseguire i miei sogni, che la vita è una e che vale la pena provarci.

Una cosa ho giurato a me stessa: non farò mai la fine di mia madre. Tutto il tempo appresso a papà, sempre pronta a rincalzargli il cappotto e a prendersi la pioggia al suo posto. E lui a lasciarsi accudire come un bambino. Un Don Chisciotte, senza macchia e con l'animo puro, scortato dal suo Sancho Panza in bigodini e unghie smaltate. Così i miei invecchiano a Trovadì, un pugno di case gettato tra Arquà Petrarca e le colline, dove gli anni passano inesorabili e uguali. Papà è troppo attaccato al paese per pensare di vivere altrove. Perché a Trovadì vedi sempre le stesse facce, c'è il Breo con le anatre che sguazzano placide, qualche osteria che sa di muffa e i ponticelli a unire le cose. È un luogo da cartolina, che dà sicurezza.

Certe volte penso che vorrei assomigliare ad Anna, godermi le cose per quello che appaiono. Scrollarmi di dosso quel senso forte di fine e perdita, andare incontro alla vita con trepidazione e non con paura. Annusare un fiore tutte le volte che posso, solo perché sa di buono.

Dalla finestra del mio buco vedo un'aiuola con cinque fiori rossi. I cani ci fanno la pipì sopra mentre i padroni affrettano il passo.

E io, in fondo, mi sento come quei fiori. Sprecata.

2

Eh no, non è La Gioia

Ieri sera mi ha chiamato l'impiegata del servizio civile.

Ho fatto domanda qualche mese fa, per non rischiare di trovarmi all'improvviso sotto un ponte. Mi ha detto, con voce stridula e sbrigativa, che ero stata assegnata a una vecchia di circa ottant'anni, perché la aiutassi nelle faccende di casa. «Come si chiama?» le ho chiesto, cercando un appiglio.

Io sono fatta così, spero sempre che dietro ogni dettaglio, anche dietro a un semplice nome, si nasconda un segno, un significato. Perciò mi auguravo che si chiamasse Bianca oppure Clara, e che, di conseguenza, fosse una nonnina dai modi garbati. «Antonia Finzetta» mi ha risposto la tipa dopo aver scartabellato un po'.

Tutto qui. Un nome e un cognome che ho l'impressione di aver già sentito da qualche parte.

Avrei dovuto sentirmi sollevata, non è il lavoro dei miei sogni, ma pagherà le bollette. Invece mi è preso lo sconforto. Ho capito di non avere voglia di deprimermi in una casa più ammuffita della mia, in compagnia di una vecchia che borbotta solo di acciacchi e di necrologi.

Su, Doralice, non sarà poi tanto male! Provo a convincermi. Chiudo gli occhi e immagino "nonna Clara" che sforna biscotti al miele, paffuta e gentile, con una vita da raccontare.

Blaise, batti un colpo, tu che ne pensi?

Per tutta risposta mi perfora i timpani il fischio del campanello guasto. È da un pezzo che deve venire il tecnico ad aggiustarlo, fa come uno stridio penetrante.

Spengo la moca e vado verso la porta; guardo chi è dallo spioncino. Oh, no!, lo sapevo, puntuale come il mal di pancia!

«Signorina Incanto, mi apra, tanto lo so che è in casa!» tuona Vincenzo Taccuamo, soprannominato Decibel.

Apro la porta.

«Buongiorno, signor Taccuamo!». Sono gentile, io.

«Lo sa che è in ritardo di una settimana con il pagamento dell'affitto? Certo che lo sa!» la sua voce mi percuote i timpani e mi scompiglia i pensieri. Mi fissa con quei due suoi occhietti da sorcio, e intanto si agita tutto, fa avanti e indietro per il pianerottolo con piccoli passi nervosi che sanno di imbroglio. «Le do ancora tre giorni, ha capito, tre giorni!».

Per distrarmi esco a fare due passi. Farò un salto alla libreria del quartiere per vedere se è arrivato il libro che ho ordinato qualche giorno fa. Ilde Napoli se ne sta davanti al palazzo, immobile come una cozza incollata allo scoglio.

«*Ué signori', vacci piano col portone*. Va a finire che spacchi il vetro!» grida a mo' di saluto.

«Scusa tanto, Ilde».

Ilde è una cuoca e sta giusto sotto di me, così quando ha qualcosa da dirmi batte tre colpi di scopa contro il soffitto e io mi presento a rapporto. Alzo il cappuccio sopra la massa crespa e ribelle dei miei capelli e sono per strada.

Pioviggina. Sono nervosa e cerco rifugio sotto i portici che conducono in piazza. Cammino e intanto conto, una conta scacciapensieri che da sempre mi aiuta a calmarmi. Ci sono cinque aiuole, tre bambini che corrono, quattro turisti con la testa china sopra una mappa, tre gatti vicino al cassonetto delle immondizie, un camioncino dell'Amav che passa a raccoglierle, il solito automobilista che sbraita contro una passante. Un uccellino sopra un olmo canticchia tranquillo. Tre piccioni in cerca di briciole e una stressata che mi urta nel passarmi accanto. E ancora due cani di singolare bruttezza.

Un istante dopo la signora Frizzi quasi mi rovina addosso.

«Scusa, Doralice!» ansima. «Achille, Enea... fermi!».

La sua busta della spesa si strappa e il contenuto si riversa a terra.

Mi chino per raccogliere una confezione di biscotti al triplo cioccolato e noto il gesso alla caviglia.

«Si è rotta il piede?».

La Frizzi si lancia nell'epico racconto di come è caduta mentre riordinava l'armadio; protesta che è quasi morta e le è toccato farsi un'assicurazione sulla vita.

«I miei due tesori mi hanno vegliata fino all'arrivo dei soccorsi...».

La scena, a pensarci, è grottesca, perché Ester Frizzi ha la stazza della Donna Cannone e Achille ed Enea sono due vecchi e pulciosi carlini.

Le offro il mio miglior sguardo dolente. Anche se...

«Ma signora Frizzi, nelle sue condizioni non può certo portare a passeggio questi due adorabili cuccioli» e sorrido all'indirizzo di Achille (o forse è Enea), che per tutta risposta digrigna i denti feroce.

«Potrei farle da dog sitter!».

Lei mi fissa con il mento schiacciato contro il collo lardoso. «Ci penserò... Grazie, cara!».

Sotto la pioggia finissima proseguo di buon passo verso la Tempus Fugit, la libreria antica di piazza delle Erbe, famosa per l'assortimento di volumi rari e preziosi. Una volta ci ho trovato un'edizione della *Gerusalemme liberata* con le pagine mangiate dalle bombe. Chiudendo gli occhi, mi è sembrato di sfiorare le dita di quelli che l'avevano tenuta in mano prima di me. Pura magia.

Sto aspettando un libro per il dottorato di Linguistica. Studio contemporaneamente per quello e per l'abilitazione all'insegnamento. Fin da bambina, ho sempre adorato il suono di ogni singola lettera. Quando avevo otto anni pensavo che l'alfabeto, come le note, servisse a comporre tutte le parole del mondo, e che le lingue fossero il risultato di mille arrangiamenti diversi. Oggi credo che ogni lingua sia un incantesimo, una melodia celeste che ci scorre nelle vene fino alla morte.

Lo scampanellio della porta mi dà il benvenuto in libreria. «È arrivato?» domando rivolta a Ettore, il proprietario. È un tipo sulla cinquantina con la pancia e il codino, uno che ha girato il mondo e scattato milioni di foto. Ce ne sono appese in ogni angolo, qui in negozio.

«Me l'hanno spedito da Milano, ci hanno messo un po', ma alla fine... eccolo!». Ettore mi viene incontro gongolando. Avvolge il mio libro in una carta che sembra quella del pane, poi lo infila in una busta color panna che sa di buono. Da quando abito qui è uno dei pochi amici che mi sono fatta. Cioè, non siamo mai usciti per una birra o cose del genere, però quando mi sento sola e ho bisogno di fare due chiacchiere passo da lui, che il tempo di ascoltarmi lo trova sempre. Di sé non parla molto. So che non è sposato, che vive solo sopra la libreria, che è un abitudinario. Chiude bottega alle 19.30 spaccate e la sera va a letto presto per riaprire alle 8.00 del mattino dopo.

In questi locali un tempo c'era la trattoria di suo padre, poi lui l'ha trasformata nella Tempus Fugit. «Alla fine sfamo anch'io le persone, proprio come faceva papà. Solo in maniera diversa».

Niente di più vero.

«Come va la scuola?» si informa.

«Male, ho perso la supplenza...» faccio spallucce scorrendo col dito una riga di vecchi saggi su Beckett. Poi gli racconto che sono alla ricerca disperata di un lavoro, e che per il momento non ho altra prospettiva che portare a spasso due cani, sempre che la "mamma" di Achille ed Enea mi giudichi all'altezza.

«Meglio i cani di tanta gente che c'è in giro; anzi, più persone conosco, più mi ritrovo ad apprezzare i quadrupedi» e mi strizza l'occhio. «Comunque adesso che mi ci fai pensare... forse ce l'ho io un lavoretto per te. Dammi un minuto e ti racconto!» mi sorride, solleva da terra una piccola mensola e sale su uno sgabello dall'aria pericolante.

«Qui ci voglio mettere tutto il teatro dell'assurdo inglese».

Con foga infila il primo tassello nel muro, poi il secondo e, poco dopo, la mensola è al suo posto, tutta da riempire.

Che meraviglia questo negozio! Per primo gli passo *Aspettando Godot*, poi tutto Pinter.

D'un tratto la porta si apre con il solito trillo e un bambino ci zampetta incontro. Ettore lo solleva da terra e lo stringe in un abbraccio che dura diversi istanti, poi gli scompiglia i capelli e gli allunga un barattolo zeppo di caramelle. «Non so se posso... chiedi al mio papà...».

«Ciao, Ettore». Un uomo alto, elegante, con gli occhiali dalla montatura spessa ci viene incontro sorridendo solo a metà. Abbassa lo sguardo sul figlio. «Beo, ancora pasticci? E va bene, solo una, però». Il bambino batte le mani contento. «Buongiorno, Riccardo». Ettore gli dà il benvenuto.

In quell'istante un raggio di sole riverbera sulla vetrina. È un brivido di primavera, fugace come un lampo.

Il bambino ridacchia, guardandomi.

«Eh no, non è La Gioia...» scuote il cespo di capelli.

«Lascia in pace la signorina!» lo riprende il padre.

Riccardo. Un viso che ho già visto. Lo sguardo malinconico, seminascosto dagli occhiali troppo grossi. Un neo sopra il labbro, gli stessi ricci del figlio. Il bimbo gli abbraccia le ginocchia da dietro, lui si volta e gli schiocca un bacio. Mi sento invadere da una tenerezza profonda. Un uomo che sta con suo figlio è dolce da vedere: me li immagino in una casa piena di luce con una moglie e mamma gentile e magari altri due o tre marmocchi. Una bella vita davvero!

I migliori sono sempre impegnati, mi dico osservando la fede al dito.

Poi, tutt'a un tratto, ci faccio caso. Ecco dove l'ho già visto! È proprio sopra la mia testa, nella foto con Ettore e la tartaruga gigante. Ce ne sono almeno dieci, lungo le pareti: foto di loro due in qualche posto meraviglioso del mondo. Le studio senza accorgermi di essere spiata a mia volta.

«È il mio papà quello...» dice il bambino puntando il dito.

Sorrido imbarazzata.

E mi racconta che il papà «Ha visto un mostro al mare che era grande, più grande di Awimma, perché mangiava tanto e beveva troppa acqua, e così aveva le rane in pancia. Ma il papà è forte e non ha mica avuto paura. Lo sai che guida Mazinga?». Se ne sta lì, tutto buffo, magro e ricciuto poi chiama «Ettore» cambiando espressione.

«Dimmi, Beo!».

«Lo sai che papà mi ha regalato una luce magica?» dice serio e compreso.

«Davvero?».

«L'ha fatta mago *Mellino*, così di notte la attacco al muro e Awimma non mi prende. L'ha data solo ai *Pincipi* forti!».

Mi scappa un altro sorriso. «Ettore, devo andare» mi riscuoto sentendomi improvvisamente di troppo.

«Ti telefono dopo per quella faccenda...». Ettore mi dà il resto e mi fa ciao con la mano.

Sulla porta saluto il piccolo Beo e mi ritrovo a cercare lo sguardo di Riccardo. Per un istante i nostri occhi si incontrano, poi lui si volta per non guardarmi più.

Ettore mi chiama la sera stessa. «C'è un mio caro amico che ha un figlio di quasi cinque anni. Li hai visti, oggi, in libreria, no? Proprio loro. Ti dicevo, Riccardo ha bisogno di una ragazza affidabile che gli tenga il bambino. Che lo aiuti. Mezza giornata, più una sera ogni tanto. Quando lui è di turno in ospedale».

«Un bambino?» con voce allarmata. «Ma io non ho idea di come si tenga un bambino...».

«Non dicevi che ti piacciono i cani?».

«Sì, be'...» chiedendomi che diavolo c'entri.

«Immagina che sia un cane da portare al parco. Poi gli fai da mangiare ed è finita lì».

«Frena, Ettore, frena! Non mi interessa... Un bambino è troppo impegnativo. E poi, non ho fatto in tempo a dirtelo, ma pare proprio che dovrò occuparmi di una vecchia signora».

Ma diavolo di una miseriaccia: spalacacche, badante e adesso pure un moccioso? Mi sono ammazzata sui libri per anni solo per questo?

Pascal?! Ci sei?! Avrei una gran voglia di romperti il muso!

Invece è la voce di Ettore che mi risponde, insiste, argomenta, prova a convincermi in tutti i modi. Gioca la carta sleale del ricatto emotivo. La situazione non è facile, quei due hanno bisogno di me.

«E perché? Ha fatto scappare tutte le tate che ha avuto?» infastidita.

Allora, a bassa voce, come se fosse un segreto prezioso, mi racconta che il piccolo Beo ha perso la mamma due anni fa e che lui e Riccardo sono rimasti soli. In casa manca una presenza femminile. «Una come te, Doralice, che accudisca il bambino e lo faccia un po' divertire».

«Ci penserò» e riattacco.

Incontrandolo, questa mattina, ho creduto che il signore alto, bello, e con lo sguardo sfuggente avesse una vita perfetta e l'ho invidiato. Ho invidiato sua moglie, così fortunata ad averlo accanto, il suo bambino simpatico e la sua bella casa. Ho invidiato la sua felicità, pensandomi invece sfortunata e sola.

Adesso mi si stringe il cuore all'idea della donna che ha dovuto lasciare lui e il bambino coi ricci che ha tanta paura di Awimma.

Altro che fortuna!

Per un attimo lo sento tutto, il loro dolore. Sono una stupida. Una che ha così tanto e non vede niente, neppure il male degli altri. Gli occhi di lui così soli, e la mano grande con la fede al dito.

Non sono sicura di potercela fare.

Torno dove sto meglio, tra gli aforismi del mio Blaise. «La cosa più importante nella vita è la scelta dell'occupazione, e questa è affidata al caso».

Mai niente mi è sembrato più vero.

3

Caccologia applicata

La signora Frizzi mi tira giù dal letto alle otto.

«Scusa, Doralice, sei sveglia?».

«Sì sì» rispondo al citofono ancora in pigiama.

«Sai, ci ho pensato e se ti va ancora di portare i miei piccoli al parco finché non mi rimetto...».

«Certo!» rispondo prima che cambi idea.

«Potresti cominciare oggi stesso?».

«Mi dia dieci minuti».

«Ti aspetto qui sotto» fa lei contenta.

Mi guardo allo specchio e mi sforzo di pensare che si tratta di un nuovo inizio.

Mi vesto in un lampo ascoltando la colonna sonora di Rocky. *Go, Doralice, go!* Ed esco sbattendo la porta, come al solito.

La Frizzi mi cede i guinzagli tra mille raccomandazioni. «Portali al Lissuola, gli piace tanto correre lì».

Dunque il primo giorno della mia nuova vita inizia con una gita al parco. Missione: far fare la cacca a due cani.

Ecco. Comunque, sono ottimista: è una bella giornata e tutto sommato non mi dispiace passeggiare un po' per la città già in piena nevrosi mattutina. Ci vuole quasi un'ora a passo sostenuto per arrivare al Lissuola. Bambini urlanti trascinati da mamme nervose, automobilisti che usano il clacson come se fosse una clava. Io mi godo l'aria fresca e raggiungo il parco pregustandomi il libro che ho nella borsa. Mi siedo sulla panchina migliore, mi metto comoda. Lego i due bavosi che si appisolano stremati.

Senza la loro mamma a coprirli di smancerie, Achille ed Enea sono quasi simpatici. La signora Frizzi li tratta come persone, ma delle persone non sembra importarle granché. Cioè, non fraintendetemi, io adoro gli animali, però restano sempre animali! Non capisco come si faccia a provare empatia nei loro confronti e non verso la gente.

Più tardi, a casa, apro la cassetta della posta e, tra le pile di bollette da pagare, trovo la convocazione.

> Ore 13.00 presentarsi in via Brendole 45, interno 8. *Blablablablabla* ecc... La sua mancata presenza sarà interpretata alla stregua di una rinuncia *blablabla.*

Per fortuna che ho guardato! Mi dimentico sempre di farlo e così, spesso, è Ilde ad avvisarmi che ho la casella strapiena.

Dunque, vediamo se capisco bene… tra meno di un'ora devo essere a casa della vecchia! Accidenti, non pensavo così presto! Ero convinta che l'assistente sociale avesse parlato di lunedì. Controllo la mia agenda: effettivamente lunedì è il primo giorno, ma oggi devo passare a conoscerla e a firmare qualche scartoffia.

Accidenti.

Cerco l'indirizzo su Google Maps. Mi fiondo in strada e raggiungo la fermata a due vie da casa mia. Per arrivare dalla Finzetta ci vogliono venti minuti di tram, un mezzo che io odio profondamente. Umanità assortita, l'accalcarsi sudato dell'ora di punta, buste della spesa, bambini, arcigne signore e studenti con il viso affondato nel telefonino. Di solito non mi siedo, mi fa un po' schifo.

All'arrivo faccio trenta metri, controllo la mappa, poi mi fermo col naso in su a guardarmi attorno. Dove sto io non è certo Versailles, ma qui è persino peggio. Una ventina di palazzoni si mangia il cielo punteggiato di paraboliche e adorno – si fa per dire – dei festoni dell'alta tensione – viluppi di cavi e trespoli immensi –, roba da farti venire un cancro solo a guardarla, anche se la TV non ne parla.

Questo quartiere sembra il rifiuto tossico della città.

A destra un cavalcavia e, appena accanto, la tangenziale. Neppure Boccioni si è spinto a tanto. Un obbrobrio di posto con gli alberi secchi e i gatti emaciati attorno ai bidoni dell'immondizia.

Una bionda mi aspetta davanti al portone del civico 45.

«Sono Emili Sitti, l'assistente sociale» porgendomi la mano.

Suoniamo tre volte il campanello.

«Tranquilla, adesso risponde...» tenta un mezzo sorriso.

Su un balcone sgarrupato al quinto piano compare una vecchia. Si sporge, ci vede, poi, con indifferenza, si volta e dà da bere a una pianta.

«Signora Finzettaaaaa!» le urla la Sitti.

Il portone si apre con uno scatto svogliato.

L'ascensore – pigro pure lui – non vuole saperne di collaborare e così ci facciamo le scale a piedi.

La Finzetta è sull'uscio, installata su una sedia a rotelle dall'aspetto vissuto, lo sguardo nascosto da un paio di occhialoni scuri. È sottile come un fuscello, indossa una camicia bianca e un gilet nero di seta. I capelli le sfiorano il mento e la pelle è tutta una ruga. Pare non fregargliene molto che io sia lì.

«Piacere» trattengo il respiro e allungo la mano. Lei la afferra distrattamente.

«Prego, accomodatevi. Benvenute nella mia reggia. Se allungo la mano c'è la cucina, una gamba e siete nel cesso».

La casa in effetti è modesta, due stanze appena, strapiene di soprammobili e suppellettili di ogni tipo. Ci sono tende scure alle finestre e aleggia un odore di tabacco e vaniglia. Una miriade di vecchie foto. Sui mobili dalle linee antiquate, alle pareti, in ogni angolo sbucano volti scoloriti. E libri, pile di libri ovunque. Ce ne sono accatastati perfino in cucina, molti dei quali aperti.

La vecchia si è accorta che li spio.

«Be'? A te non succede di perdere il filo?».

Apro la bocca per replicare ma poi la richiudo, interdetta.

La Sitti sceglie quel momento per salutare e dileguarsi giù per le scale.

Così rimaniamo sole.

Mi guardo intorno sforzandomi di sembrare a mio agio, ma non funziona, lo sento. Lei non fa niente per rompere il ghiaccio. Cigolando sulla vecchia sedia a rotelle si avvicina a un tavolino. Rimescola un mazzo di carte e tira fuori una regina di cuori. Non fa neppure il gesto di invitarmi a sedere, così prendo l'iniziativa e mi lascio cadere sulla prima sedia che trovo.

«Sei stanca?» alzando lo sguardo dal suo solitario.

«Sì» in tono un po' secco.

Si sfila gli occhiali e mi punta in faccia due occhi verdissimi, vispi e inquieti.

«Me la sono fatta addosso!».

Cosa!? Inspiro profondamente e intanto penso al dottorato in Linguistica, e a me ridotta a pulire chiappe cascanti e a raccattare cacche di cane. *Fraternité egalité merdé. Pascal?!*

Coraggio, Doralice, l'occasione della vita prima o poi arriva, la fortuna gira, basta avere pazienza. Di questo passo quando la fortuna busserà alla mia porta io sarò al gabinetto. Mi faccio forza.

«D-davvero?» balbetto.

«No». Rinforca gli occhiali e riattacca a giocare.

Ancora turbata da visioni di chiappe flaccide e miasmi intollerabili, le prometto tra i denti che insieme saremo una squadra fantastica.

«Dovrai stirare, lo sai? Poi mi servirà che tu faccia la spesa e che sistemi un po' in giro. Mi piace giocare a carte e guardare vecchi film».

L'ultima frase mi ridà un po' di speranza: una dama di compagnia, cercherò di raffigurarmi così.

«Ci vediamo lunedì alle 10.30» trillo con falso entusiasmo. Quando capisco che non è intenzionata a rispondermi, sguscio fuori e mi precipito giù per le scale.

Salgo su un tram ancora più lercio del precedente, ma questa volta mi siedo, non ho la forza di restare in piedi.

Scoppio a piangere. Premo la faccia sul finestrino per non attirare gli sguardi dei passeggeri, ma è tutto inutile: i singhiozzi mi scuotono il petto. In questo momento vorrei solo emigrare. Vorrei essere ovunque, ovunque fuorché qui. Perché non me ne vado? Appunto, perché?

In America farei l'americana, in Francia la francese.

Invece questo fine settimana ritorno a Trovadì: è il compleanno del papà, ci saranno anche Anna e Gregorio da Londra.

Già le sento le domande di quella zanzara di mia sorella. «Come stai, Lice? Oh no, hai perso il lavoro?! Di nuovo? Poverina! Te l'avevo detto io che Filosofia fa rima con caccologia. Esci con qualcuno? Nooo?! Poveraaaaa Lice!».

Ma la mamma mi ha minacciato. «Questa volta niente scuse! Ti aspettiamo, e guai a te se non ti fai vedere».

Vorrà dire che mentirò sfacciatamente: inventerò che faccio ripetizioni e un doposcuola; che scrivo ancora articoli per il mio professore (il che, a ben vedere, è vero. Peccato solo che non mi paghi); e che esco con un collega ma niente di serio.

Bugie. Ecco.

Arrivo a casa stremata. Apro l'acqua per farmi una doccia e mi ci fiondo; con il getto dritto in faccia a lavar via i pensieri.

Faccio il biglietto del treno, poi senza rifletterci troppo prendo il foglietto con il numero che mi ha dato Ettore. Lo tengo tra le dita per qualche istante sperando che dentro ci sia qualcosa di buono. È più forte di me: ogni volta che qualcosa va storto, mi aggrappo all'illusione successiva, rischiando di farmi sempre più male.

Ma sì! Afferro il telefono e compongo il numero per non darmi il tempo di ripensarci.

«Pronto...» una voce di bambino.

«Ciao, c'è il papà?» chiedo, gentile.

«Papà! Papà!» comincia a gridare. Sento i suoi passetti percorrere l'appartamento.

«Oggi ho visto un camion grande con le Fiat sopra, lo sai?» mi dice per passare il tempo. Non so cosa rispondere e butto là un «Bravo!».

«Pronto, Riccardo Prao, chi parla?» ci interrompe una rassicurante voce di adulto.

«Salve, sono Doralice Incanto. Mi ha dato il suo numero Ettore, della libreria».

«Ah, sì, buongiorno».

Mi propone di vederci di persona, e intanto cerca l'agenda che il figlio gli ha rubato. «Non ti arrabbiare, papà, ha fatto solo un giretto sul camion dei pompieri».

«Può andarle bene prima di cena? Diciamo alle sette?».

Non è il tipo che perde tempo!

«L'indirizzo è via Garibaldi 40, di fronte allo Scricchio. Citofono Prao-Taballi. Quarto piano».

E riaggancia.

Uffa, oggi sono proprio un disastro: mezz'ora a provarmi camicette, gonne e maglioni solo per ripiegare sui soliti jeans e la mia amata, decrepita blusa azzurra. Mi infilo le scarpe, un cappello in testa contro il freddo, e via a passo spedito fino al civico 40 di via Garibaldi. Prima di citofonare mi chino un istante sullo specchietto di un'auto per controllare il mio aspetto. Forza, Doralice, non devi mica sedurre un moccioso di quattro anni! *Ma far buona impressione al padre sì.* Risponde una vocina maliziosa nel mio cervello. Tanto più che non è affatto male!

Ho la faccia sbattuta e i capelli arruffati non fanno che peggiorare l'insieme. Stramaledetti capelli, non c'è verso: crespi sin da quando ero bambina. Li spiaccico con le mani, provo a farmi la coda, ma i ricci mi sgusciano tra le dita, anelano alla libertà.

Ma perché diamine sono così agitata che ora mi sudano persino le mani? Oddio, oddio! Dirò sicuramente qualche scemenza delle mie!

Rigida come uno stoccafisso davanti al portone premo il pulsante con la targhetta "Prao-Taballi".

Mi aprono immediatamente.

Un condominio chic, nuovo, con un ascensore nuovo che puzza di plastica. Un solo appartamento per piano.

Al quarto la porta è aperta.

«Chi sei?» mi accoglie una vocetta da nano.

«Doralice...» sforzandomi di avere un tono suadente.

«Ti ho già visto, ma non sei La Gioia... eh no!» scuotendo il testone sproporzionato al resto del corpo.

«Bernardo, non fare il maleducato. Si accomodi pure!» mi fa cenno il padre.

La casa è bianca, asettica, con qualche gioco sparso qua e là, e odora di ammoniaca. Non me l'ero immaginata così.

«A domani, signor Prao!». Una robusta donna sulla cinquantina afferra il cappotto e si avvia alla porta.

Dev'essere lei la causa dell'ammoniaca.

«Arrivederci, Ester!».

In salotto mi guardo attorno spaesata. Noto qualche mensola con i libri ordinati, quattro ninnoli di vetro che fanno capolino da dietro un vaso vuoto, un fiocco azzurro dentro una cristalliera. Probabilmente è quello di quando è nato

Bernardo. Mi colpisce l'assenza totale di fotografie, quasi questo fosse un albergo, un luogo anonimo e di passaggio, e non una vera casa.

La voce di Riccardo alle mie spalle mi fa trasalire.

«Piacere» porgendomi la mano.

Una mano grande, con le dita lunghe e una bella stretta. E quella fede sempre al suo posto. Una fede d'oro, preziosa, che tiene lontane le domande. Penso al «finché morte non vi separi», a lui così solo e con i pugni stretti. La morte non ci separa da quelli che amiamo. Non smettiamo di amarli, né di pensarli. La morte ci apre dentro un solco profondo, un vuoto, un grido infinito. Quanto dolore si respira in questa casa, sembra anestetizzata.

Con gli occhi accarezzo Riccardo, lo accarezzo forte e lo abbraccio, e con gli occhi lo stringo.

«Doralice...?».

Deglutisco. «Mi scusi». Apro la borsa e tutta agitata gli porgo il mio curriculum.

Allora prende gli occhiali grandi con cui l'ho visto alla libreria. Si siede e, per la prima volta, mi sorride. *Wow.* Il suo sorriso è come il sole che spunta tra le nuvole.

«Filosofia, interessante! Sarebbe piaciuto studiarla anche a me!».

Ecco, sorriso o non sorriso un commento del genere poteva risparmiarselo! È come dire a un musicista: «Bello il violino, sarebbe piaciuto anche a me». Senza pensare che quello studia come un ossesso da vent'anni! Cioè, voglio dire, una laurea in Filosofia equivale a un numero mostruoso di pagine. Da leggere, da capire, da memorizzare. Non parliamo poi delle prospettive professionali a cui dà accesso. Ecco appunto, meglio non parlarne.

Mi concedo una smorfia di irritazione. È più forte di me: aggrotto la fronte e arriccio il naso.

Lui mi scoppia a ridere in faccia.

«Be'?!» mi infastidisco.

«Ore dodici: Wendy vicino a Peter Pan!». Bernardo fa irruzione in salotto e un bussolotto di sughero mi colpisce il braccio.

«Bernardo! Quante volte ti ho detto che la cerbottana non si usa contro le persone? Bernardo! Mi ascolti?». Riccardo scatta in piedi e lo insegue fino in camera. «Rimani un po' qui a giocare, da bravo!».

«No, papà... Ho paura che arriva Awimma!».

Sbuffa esasperato e torna in salotto.

«Vuole qualcosa da bere, Doralice? Scusi l'interruzione».

«Grazie, signor Prao. Un bicchiere d'acqua andrà benissimo».

«Per favore, chiamami Riccardo. Diamoci del *tu*, che ne dici?».

Annuisco.

«Perché hai i capelli neri?» sussurra Bernardo da dietro il divano. Come diavolo ha fatto a riapparire tanto velocemente? E senza fare il minimo rumore!

«Perché è il mio colore...».

«Perché?».

«Sono nata così...».

«A mio nonno, che è vecchio e dorme sempre, il vento gli ha fatto cadere i capelli. Lo sai?».

Mi viene da ridere.

«Beo!» lo riprende il padre. «Ti avevo detto di restare in camera!».

«Scusa, papà». Con due occhioni così neanche Hitler avrebbe il coraggio di rispedirlo di là.

«Vuoi vedere i miei Lego?» uscendo dal suo nascondiglio.

E mi prende la mano. Una manina piccola, con le fossette, che fa tenerezza. Sorrido a Riccardo come per scusarmi. Nella sua stanza Beo mi lascia la mano, spalanca l'armadio e tira fuori un sacco stracolmo di giochi. Da qualche parte al capo opposto dell'appartamento un cellulare squilla insistente.

«Ecco i Lego!» esclama Beo soddisfatto. Richiudendo le ante mi accorgo che sul fondo del mobile, tra sacchi di soldatini, peluche e macchine è nascosta una coperta colorata. Mi colpisce per quanto è logora. Consumata, quasi. Ci faccio caso perché in questa casa di oggetti colorati e vecchi non ce ne sono. Piego la testa di lato, stringo gli occhi curiosa e allungo il braccio.

«Chiudi subito!» strilla Beo saltandomi addosso.

In quel momento riappare Riccardo. Ha l'aria nervosa. «Ho un problema» porgendomi un bicchiere stracolmo d'acqua.

«Oddio, sentiamo».

«Mi hanno chiamato dall'ospedale. C'è un'emergenza e hanno bisogno di me. Non so a chi lasciare Beo e ho pensato che forse...».

Così su due piedi, razza di irresponsabile, manco ci conosciamo! E se fossi un'assassina seriale? No, non mi guardare con quegli occhi, non ci pensare nemmeno... Non esiste! Certo che con quegli occhi... Ma assolutamente no, e quando Doralice Incanto dice una cosa, quella è, non si discute!

«Non è che...» torcendosi furiosamente le dita.

«Ma io... non so neppure da dove cominciare!». Sento montare l'agitazione e penso a quel disgraziato di Ettore e al suo paragone col cane.

«C'è del ragù in frigo, vi fate due penne e poi lo metti a letto. Tutto qui».

Come in un flash mi appare il mio frigo deserto, sono giorni che mi dimentico di fare la spesa.

«Per le dieci arrivo, prometto» sfoderando quel suo sorriso.

Non è che non voglia aiutarlo. Il fatto è che i bambini non li conosco, ed è una lacuna che non mi interessa particolarmente colmare. Anni fa provai a fare l'animatrice in un campo estivo, e fu un'esperienza umiliante. Il responsabile mi chiamò in disparte il terzo giorno per consigliarmi di cercare un altro lavoro. Tuttavia finisco per cedere. Ho forse altra scelta di fronte a quel sorriso fragile e luminoso?

Non appena restiamo soli, Beo inizia a frignare che ha fame, allora andiamo in cucina.

«Non possiamo fare gli spaghetti?». Io le odio da sempre, le penne.

«Penne al *regù*! Che buone!» massaggiandosi la pancia.

«Ragù...» lo correggo io.

«*Regù...*».

Sto mettendo l'acqua sul fuoco, quando sulla porta, a sorpresa, spunta un cane bianco e ricciuto. Si sgranchisce e sbadiglia sventolando piano la coda.

«È Gedeone!» ride Beo. «Oggi è andato dal dottore e gli hanno fatto la puntura sul sedere!».

Un tutt'uno tra cane e nano impossibile da sbrogliare.

Dunque dovrò servire la cena anche al cane.

Ecchecivuole?!

Tutto procede a meraviglia fino a quando dico a Beo che è ora di andare a letto; allora si mette a correre, a saltare, insegue Gedeone, gli salta in groppa, cerca di strappargli l'osso dalla bocca. Muore dal ridere.

Non ricordo di aver mai sentito una risata così bella, l'allegria contagia anche me e mi dimentico di tutto il resto.

Capisco che la situazione mi sta sfuggendo di mano quando il cuscino del divano esplode in un nugolo di piume.

«Bastaaaaaa!» stremata.

Beo si ferma di colpo.

La casa è un casino, sembra scoppiata una bomba. Anche i miei capelli sono esplosi sotto l'elastico.

Chiudo Gedeone in cucina, prendo Beo per un braccio e lo trascino a lavarsi.

«Tu non hai bambini?» mi chiede infilandosi il pigiama.

«No» divertita.

«E perché?».

«Non lo so».

«Lo so io: perché l'ape non ti ha punto la pancia!».

Scoppio a ridere.

«Grazie, adesso mi è chiaro».

«E *scììì*!».

Finalmente è sotto le coperte e mi illudo che il peggio sia passato.

«Mi racconti una storia?».

Panico totale. E chi diamine la sa una storia? Ne inizio due o tre, una peggio dell'altra.

Fanno pena.

Ci penso e ripenso. Poi un lampo di genio: le storie di paura di mia nonna!

Chissà se sono adatte a un bambino piccolo...

«Dài!» insiste Beo.

Allora attacco: «A Trovadì, d'inverno, c'è una nebbia tanto fitta che ti puoi perdere. Ci sono strade che hanno un solo lampione. Così è più facile vedere la strega Umeria, e sentire i pianti di Paoletto e Robertino.

La loro nonna era murata nel catino e si chiamava Marcolina. I nipotini ci pensavano sempre mentre si lavavano le mani. E dicevano con voce rotta: "Mi lavo le mani nel catineto d'argento, ma c'è la mia nonna murata qua dentro"».

Beo mi guarda con le coperte tirate fino al mento e gli occhi sgranati. Altro che fratelli Grimm, mia nonna era un portento con le storie che ammazzano dalla paura!

«Cosa vuol dire "voce rotta"?» chiede togliendosi il dito dalla bocca.

«Con la voce che trema, come se stesse per rompersi... Ma forse questa storia fa troppa paura per te?».

«No, no...».

Continuo: «Ma è dall'Umeria che i bambini devono stare davvero alla larga. Una vecchia con i denti gialli e le dita ossute che se li ruba. Mio cugino, che l'ha vista una volta, ha detto che ha gli occhi rossi e che se te la trovi davanti ti viene da piangere. Dice "qua qua qua, vieni qua!" e ti infila in un sacco».

Sul dettaglio del sacco Bernardo non regge e scoppia a piangere come una fontana. Piange a tutta bocca come solo nei cartoni animati. Urla che se spengo la luce l'Umeria arriva di corsa.

Complimenti, Doralice! E mi spremo il cervello per trovare il modo di tranquillizzarlo.

«Vuoi vedere un ballo scemo?».

«*Scì, scì*» tirando su il moccolo.

Imito una gallina ballando in punta di piedi. Lui ride e piange insieme con la bocca grande e gli occhi pieni.

Mi sdraio al suo fianco.

«Ci sei?» toccandomi il braccio.

«Sì...».

Allora gli chiedo della coperta che ho visto nell'armadio.

«È magica» risponde sicuro. «Ma non dirlo a papà, è un segreto!».

Mi racconta che con quella puoi viaggiare, che una volta ha volato su tutta la città ed è arrivato sul monte Korvatunturi da Babbo Natale. Che ha visto da vicino le nuvole e tutti gli aquiloni che si sono persi in cielo.

«Ce ne sono tanti, sai? Anche sul monte Fuji!».

«E tu cosa ne sai del Giappone?».

Beo tace. Un silenzio da spezzare il cuore. Mi tirerei una badilata in testa.

Poi la sua manina sotto le coperte, che cerca la mia.

Gennaio

C'era una volta un re.

Così cominciava, se non ricordo male.

Un re che salutava un asino stanco.

Avevo scritto trenta pagine e le mostravo a tutti. Mio zio a stento sapeva leggere, però disse che ero brava.

Già a dieci anni mi piaceva scrivere.

Quando scrivi sei solo, in realtà, se poi ti piace farlo è una vera fregatura.

Ecco, così ho deciso di scriverti, a qualcuno dovrò pur raccontare la mia vita, e almeno tu non puoi fare domande. Tu che avresti potuto essere e non sei stato.

Tra due settimane sarà il tuo compleanno, il cinquantesimo. Oggi io ne compio ottanta.

Dalla finestra del mio loculo vedo gli altri, che però non vedono me. Mi sta bene così.

Probabilmente, se oggi fossimo insieme, mi avresti organizzato una festa di compleanno. A casa tua, che di sicuro sarebbe stata vicino alla mia. Ci sarebbe stata una torta di cioccolato, la mia preferita, i tuoi figli mi avrebbero fatto gli auguri e, dopo pranzo, mi sarei dilungata in frivole chiacchiere con tutti i presenti. Ecco come sarebbe andata.

Ottanta suonano come le campane a morto; per questo ho deciso di scriverti, per raccontarti, per liberarmi, per sentirmi meno sola.

Io la odio la solitudine. Persino le scarpe viaggiano in coppia.

Ma la gente ormai mi fa paura, è come se la vedessi sbagliata.

Non ho avuto un senso. Ecco.

Se ti avessi rispettato, se ti avessi voluto davvero... Tu, che mi avevi scelto.

Me lo sentirei, adesso, un significato.

Avrei voglia di parlare con qualcuno, chiunque, sai? E invece me ne sto qui a guardare *Amarcord* e penso. Quando ero giovane credevo che sarei stata una nonna di quelle sagge. Che non avrei temuto la morte. Mi sbagliavo. Spesso mi chiedo cosa ho dato a questa vita.

E poi, chissà se Dio esiste. Prima non mi interessava, ora me lo domando a tutte le ore.

Certo, pensare che alla fine di tutto c'è Lui che ti abbraccia come quando da piccolo fai un brutto sogno, toglie la paura.

Mi fa stare bene pensare ai *miei* lassù, in un mondo migliore di questo, in attesa che li raggiunga.

La Liotti, che si è decomposta in questo palazzo, verso la fine andava in chiesa ogni giorno. Anche Oreste quando è diventato vecchio ha ceduto alla tentazione di convertirsi. Ma è troppo facile così, non trovi? Io aspetto di vedere cosa sarà e non mi sbilancio.

Quando sei vecchio, muoiono tutti e tu non ci puoi fare niente. A pensarci mi viene da ridere perché spesso la vita è ridicola e anche la morte lo è, in fondo.

Io penso che morirò guardando un film, magari *C'era una volta in America*, in una sala gremita di gente. Qualcuno urlerà di sgomento, vedendomi stramazzare nel mezzo di una scena madre.

Mi piace pensarlo, ma non credo andrà così. Dal momento che, come ho detto, non esco da quasi vent'anni.

Gilda

4

Ritorno a casa

Dunque, mi chiedo: ma amarsi tutta la vita è possibile? Condividere letto, parole, paure, emozioni. È davvero possibile? Oppure è solo un'utopia, un sogno, e poi la realtà ci stritola sempre e comunque?

Sono a casa dai miei da meno di due ore, ancora dobbiamo mangiare il secondo, quando papà mi chiede di seguirlo in cantina. Una cantina buia, senza finestre, con le botti di vino lungo i quattro lati della stanza. È grande, professionale, per fare il vino vero e poi venderlo; ci sono pompe per estrarlo e bottiglioni sparsi qua e là. Un gran disordine. A farla costruire fu mio nonno; più tardi divenne una mezza discarica e ora è tornata in piena attività. Ci sono vigneti, là fuori, nell'appezzamento di terra che ci circonda come un abbraccio, e qualche pesco per le marmellate della mamma. Filari di uva rossa tra i quali passeggiare nel sole. Il nonno era un vero viticoltore e il suo vino era molto apprezzato.

Papà sta appena imparando, chissà se ce la farà a diventare bravo prima che gli passi la voglia.

Papà sposta una pila di vecchie coperte per quando d'estate grandina, e tutti corrono fuori a coprire i filari. Mi fa cenno di sedermi. Stappa una bottiglia di quelle buone e ride. Quando ride lo fa con tutta la faccia, la risata gli riempie il viso e allora viene da ridere pure a me.

«Mi separo» annuncia porgendomi un calice per brindare. «Dio, che voglia ne avrei! Tua madre è una miserabile che mi conta i centesimi, che mi strappa i pensieri. Non la sopporto più, lei e tutta la sua famiglia di arroganti buoni a nulla! Me ne vado. Via, su un'isola lontana. Sarò felice!».

Poi inizia la solita tiritera sul matrimonio, sul fatto che sposarsi è roba da matti e fonte di infinita infelicità.

Ce ne stiamo in cantina mezz'ora, noi due, a bere Lambrusco; lo ascolto ripetere le solite storie. Allora mi chiedo: che roba è il matrimonio? A cosa serve? A torturarsi l'un l'altra?

Non lo so, ma sentire mio padre alle prese con gli stessi dubbi che lacerano me a trent'anni mi toglie l'aria.

E se davvero si stesse meglio da soli? Come me adesso, senza nessuno che blatera in sottofondo: padrona del mio tempo, dei miei silenzi, dei miei umori.

Ma poi penso ai miei genitori. Tanti anni insieme non sono bastati a dividerli, qualcosa vorrà pur significare! Mio padre, per dire, non glielo ordina mica il dottore, tanto più che viene da una famiglia di anarchici, di ribelli, di partigiani. E mia madre avrebbe potuto separarsi anni fa, quando io ero piccina e tutti la tormentavamo coi nostri capricci.

Eroi? Pazzi furiosi? E chi lo sa. Forse l'amore, alla fine, è sbraitare che te ne vai senza mai fare sul serio, urlare cattivi e poi darsi un bacio, odiarsi e amarsi insieme, la mano nella mano sotto le coperte.

Forse la vita da soli è più brutta. È solo un lungo spavento.

Io non dico niente, me ne sto in silenzio. Lo lascio parlare. E lui, giù, se ne scola un altro con la scusa di brindare alla libertà ritrovata.

Come se ci fosse un *ancora* pronto per lui, ancora vita, ancora amore, ancora tempo.

Gli chiedo un altro bicchiere. Lui me lo nega. «Non si può, l'ultimo goccio è per tua madre!» e con un sorriso larghissimo rimette il tappo di sughero.

Quando torniamo in sala da pranzo, sono ancora tutti seduti che si rimpinzano. «Auguri, auguri, cento di questi giorni!». E magari tu sei lì che speri di avere un giorno diverso, uno soltanto ti basterebbe, per la miseria! Uno.

Gregorio sceglie questo momento per schiarirsi la voce. Si alza, si inginocchia. *Ommioddio!*

Anna finge stupore, la mamma è già lì che piange e papà guarda fuori dalla finestra. A me scappa da ridere. Adesso capisco perché papà ha voluto sfogarsi, poco fa, in cantina.

«Anna Incanto» declama Gregorio aprendo una scatoletta di velluto nero. Silenzio generale. «Vuoi sposarmi?».

La mamma corre ad abbracciare quello schianto di figlia che le sa dare le soddisfazioni più belle. Che importa se la sua vita fa schifo e suo marito vuole emigrare a Honolulu come mago Merlino: Anna si sposa!

Anna si mette l'anello, un bel diamante che si sarà scelta su internet, e piange di gusto. Bacia Gregorio come se lo amasse con tutta se stessa. È il "come se" a fare la differenza.

Quando è "tutto una favola" l'hai scelto di testa; quando da fuori sembra un disastro, forse col cuore. Anna è il tipo che non lascia al caso neppure l'abbinamento mutanda-borsetta, io se potessi farei a meno di entrambe.

Ecco.

Facce commosse intorno al tavolo. Mia zia Olga è una patita dei matrimoni, allora si alza e con un impeto che le fa ballare la scollatura e solleva il bicchiere: «Evviva gli sposi!».

Un boato di «evviva!».

Poi Anna mi punta, si alza, viene verso di me. «Tu sarai la mia testimone!».

Mi mordo il labbro e mi sforzo di sprizzare gratitudine da tutti i pori.

«Grazie...» balbetto.

Il pranzo riprende da dove si è interrotto.

«La prossima sarai tu!» sorride zia Olga col mento bisunto. E suona piuttosto come una minaccia.

Mia madre mi strizza l'occhio, Anna sorride scettica, Gregorio non è pervenuto e il mio delizioso papà scoppia in una sonora risata.

«Seeeeee… Voglio proprio vederla. Doralice è un osso duro!» e trangugia un boccone di verza.

Ride ancora.

Nessuno mi chiede come va. A casa mia, quando nessuno ti fa domande significa che la tua situazione è così deprimente che preferiscono non infierire. Dopo la torta e le candeline decido che ne ho abbastanza e blocco mia madre in cucina.

«Ma come, mamma, non hai proprio niente da chiedermi?».

«No, tesoro, è una bella serata. Non sei felice per Anna?».

«Non mi domandi del lavoro?».

«Dài, non adesso, passami la pentola che la sgrasso…».

E si lancia in una lezione sull'unto delle pentole che va aggredito per tempo. Come se me ne fregasse qualcosa, insiste che le uniche buone sono quelle in acciaio, che un giorno la ringrazierò per queste dritte preziose.

«Ho perso la supplenza» così d'un fiato.

Lei deglutisce, continuando a grattare con la spugnetta.

La vera vocazione di mia mamma è grattare via lo sporco dalle cose; le danno soddisfazione il pulito, fare il bucato, lavarsi e andare dal parrucchiere. Ci va ogni venerdì mattina alle nove in punto.

«Non ti arrabbi?».

«No!» visibilmente alterata.

Tra l'odore di unto e detersivo al limone entra Anna con una pila di piatti sporchi. Ne prendo un po', visto che mi accusa di lasciarmi servire come quando avevo tre anni. Attacca con le sue domande sulla mia vita privata, e poi mi rincuora dicendo che tanto «prima o poi gira». Che cosa, non si sa. La ruota della morte? Quella della fortuna? O semplicemente le palle?

Finiamo di rigovernare parlando del gatto dei vicini morto di vecchiaia, del sindaco di Trovadì che è un leghista, del nuovo centro commerciale che non piace a nessuno e degli extracomunitari che rovinano le vie.

Mia madre è di sinistra perché lo è anche mio padre. Però pensa che gli extracomunitari rovinano le vie perché stendono i panni alla finestra e perché i loro bambini giocano in strada come fossero gli anni Cinquanta... Per lei "negro" mica è un'offesa, a meno che uno non dica proprio "negro di merda".

Da piccola, ci litigavo; adesso faccio come mio padre, stacco la spina e la lascio dire.

Anna, invece, è dichiaratamente di destra, sostiene perfino che Mussolini non fosse poi tanto male, ma solo quando non c'è papà in giro. Se lui la sente dà di matto e urla che la disereda, che i suoi nonni erano partigiani; ma tanto a lei non importa, perché sta con Gregorio in un *loft* dietro Buckingham Palace che dalla finestra puoi vedere le orecchie di Carlo.

Finito di sistemare esco a fare due passi, tanto a Trovadì non c'è il rischio di incontrare tipi loschi; al massimo c'è Gastone, il nostro matto, che vive allo squero e sembra il tizio che in *Nuovo cinema Paradiso* urla «la piazza è mia». Per Gastone tutto è suo: l'ospedale, il fiume e la chiesa. La chiesa più del resto, perché lì vive suo padre, che è Dio in persona.

Supero il ponticello di legno e prendo la strada più lunga. Mi lascio alle spalle via Dauli con le sue case dai toni pastello che sembrano quasi francesi.

Trovadì è il paesino di sempre, con le anatre che sguazzano dentro al Breo, qualche osteria che sa di muffa e tanti ponticelli che uniscono le cose.

Quando nasci qui sei suo senza saperlo.

Avvicinandomi al fiume conto dieci salici piangenti, due ponti e tre barche ormeggiate allo squero. I rimasugli del mercato di questa mattina e quattro gatti che ci raspano attorno.

Le anatre accovacciate dormono e le ombre si riflettono nell'acqua. Non ci sono rumori, a quest'ora. Mi siedo su una panchina che guarda negli occhi il Breo. Anche il fiume dorme.

E ripenso a mio padre che vorrebbe separarsi e a mia madre che gratta l'unto dalle pentole, ad Anna che si sposa, e al suo amore di testa che mi fa sentire più forte. È meglio restare da soli che amarsi per finta.

D'un tratto vedo Riccardo riflesso nell'acqua del fiume. Con le rughe attorno agli occhi, le mani grandi e la voce bella.

Lo penso e mi piace; non dovrebbe, eppure è così.

È difficile che qualcuno mi colpisca fin dal primo incontro. Credo che Riccardo mi piaccia per via della sua storia triste, dei suoi occhi persi, della sua fede al dito, della dedizione con cui sta dietro al bambino coi ricci. Ecco, forse è una specie di tenerezza che sento per lui.

È un dottore, cura le persone. Beo mi ha confessato che da grande anche lui vuole fare il dottore, oppure il vigile, ancora non è sicuro.

Penso a loro "prima" e a loro adesso. A come tutto possa cambiare improvvisamente. Sono fortunata, io, con i miei problemi normali, con la rabbia nei confronti dei miei, il fastidio per il conformismo di Anna. Sono fortunata a non essere sola.

Chissà cosa si prova ad avere l'amore tra le mani e poi a vederselo strappare.

Mi viene in mente la coperta logora dentro l'armadio e uno spasmo mi serra la gola.

Credo che se in questo preciso istante dovessi esprimere un desiderio, chiederei che domani fosse uguale a oggi, senza sorprese.

Nel fiume vedo le luci dei lampioni mangiate dal nero dell'acqua. Fanno paura, effimere e finte.

Ritorno verso casa con i passi lenti e stanchi, come se avessi camminato troppo. Mi lascio il Breo alle spalle tirandomi su il bavero del cappotto. Sale la nebbia, improvvisamente, come accade vicino all'acqua, nasconde ogni cosa e mi bagna la faccia. Chiunque mi guardasse adesso mi vedrebbe svanire, una sagoma sempre più vaga nella coltre fumosa che tutto inghiotte.

In fondo la vita è così: ci butta al mondo e poi ci divora in un sol boccone.

Davanti a casa dei miei il lampione è rotto. Ma non è stato un incidente. Lo rompe, da decenni, ormai, Ida Santi, la nostra vicina. Appoggio la schiena al lampione e osservo la mia strada, la casa dove ritorno sempre.

Pezzi di muro, finestre assediate dall'edera. Quando l'abbiamo piantata ero all'ultimo anno d'asilo. Mia mamma stava dando da bere ai fiori. Io non capivo come i fiori potessero bere senza la bocca.

Oggi l'edera è salita sui muri, fin quasi al tetto della casa che fa tenerezza, sbiadita com'è; con i balconi che sono invecchiati e le porte-finestre che si chiudono male. Dentro anche gli odori hanno la polvere. Odore di vita passata, di figli cresciuti.

Anche la mamma è invecchiata e quando cammina si aggrappa alle cose come una naufraga. Papà no, lui si rigenera come le piante: trova linfa nuova e, periodicamente, si cuce addosso una vita diversa, come adesso con il vino e la cantina. Non so come faccia, ma ha il cuore di un giovane, è vivo.

Sorrido tra me e me mentre rientro. Papà dorme sulla poltrona, la mamma si sta facendo una camomilla.

«Anna?» le chiedo.

«Sono andati a dormire da un po'…» fa lei versando l'acqua nella tazza.

Non sono ancora abituata a sentirle usare il plurale. Anna è diventata Anna e Gregorio, una cosa sola, come il mostro a due teste della mitologia. *Oddio.*

«Vuoi?» versando un po' di acqua anche a me.

Mi siedo in attesa che dica qualcosa. Per me è impossibile parlare con mia madre di cose importanti, allora ci chiacchiero del tempo, del più e del meno.

«Ho visto che il lampione è rotto di nuovo».

«Sì... se non la smettono li denuncio. Giuro che lo faccio!» si scalda lei. «Tuo padre li ha anche filmati!».

Il fatto è che la nostra anziana vicina soffre la luce che la notte le entra in stanza e le toglie il sonno. Allora paga Girolamo Vio per sparare al lampione. Papà pensa che il signor Vio abbia il porto d'armi abusivo, infatti è bidello; ma se gli chiedi che lavoro fa risponde fiero: «Il cacciatore».

Comunque non ce lo vedo mio padre a raccogliere prove per incastrare i vicini.

Tanto più che lui ci convive benissimo con quel lampione spaccato, non come mamma, che dice che verranno i ladri, che ha paura, che la luce ci vuole.

Sorrido, le do un bacio, poi accarezzo papà che russa come un trombone.

Sono triste. Felice e triste insieme. Qui, dove sono nata, mi riesce difficile credere che tutto questo possa non essere eterno.

Però non voglio cedere alla solita cupezza in stile Pascal.

Allora vado in bagno, prendo lo smalto rosso che Anna

tiene nel suo elegantissimo beauty-case di Harrods, e torno da papà che sbava sulla poltrona.

Gli sfilo un calzino, trattengo un ghigno per non svegliarlo e gli metto lo Chanel rosso sulle unghie spesse e ingiallite del piede destro.

Scatto una foto col telefonino, e, sì, ora posso andare a dormire.

5

Una pagina nuova

La sveglia suona puntuale alle 7.30.

Rapida come un cobra mi allungo per cercare di spegnerla e con la mano faccio cadere una pila di libri accatastati sul comodino. Sbavo, ho gli occhi appiccicosi e, con l'alito che ammazzerebbe un bisonte, mi compiaccio di aver dormito da sola. Mi infilo i jeans ed esco di casa tra un'imprecazione e uno sbadiglio. Credo di non essere ancora del tutto sveglia, ma Ilde mi aspetta sull'uscio e mi invita per il caffè. «Perché no,» guardo l'ora «non sono in ritardo» ed entro. Conto una maschera di Pulcinella in più; lei lo sa che ho la mania di contare le cose: «Me l'ha spedita Donna Franca la settimana scorsa...».

Le dico dei miei nuovi lavori e Ilde commenta che a *fatica'* bisogna andarci per forza. «L'importante è che sia legale e che tu non faccia del male a nessuno! Basta che non mi diventi avvocato, quelli sì che *so'* brutti come *u' debbito*!».

Sorrido, gustandomi il suo caffè speciale che sveglierebbe anche un'orsa in letargo. È un rito, una cosa seria: lo mescola dentro la moca per cinque minuti insieme allo zucchero e secondo me lo corregge pure.

La bacio e passo a prendere i cani.

Andando verso il Lissuola penso che fino a dieci giorni fa ero Doralice Incanto, professoressa, con un post-doc alle spalle, stimata dagli altri e soprattutto da me stessa. Oggi, invece, sono Incanto Doralice, dog sitter, badante e tata. Sempre io, eppure un'altra.

Infatti alle nove sono già sul tram diretta verso casa della Finzetta, ad augurarmi che la seconda visita sia un po' più piacevole della prima. Questa volta ci mette meno di un minuto ad aprirmi.

«È permesso?» ed entro. Lei sta facendo un solitario e quasi non mi saluta. Appoggio le mie cose sul tavolo e apro un po' la finestra. Devo andare in bagno. «Posso?» chiedo gentile.

Davanti al bagno c'è la sua camera. La porta è aperta.

La persiana è abbassata, come nel resto dell'appartamento. Sul letto troneggia una vecchia Olivetti e accanto un fascio di fogli battuti fitti. Pile di libri in ogni angolo, quattro mensole piene di videocassette, una toilette con sopra un cestino stracolmo di rossetti. Le ante dell'armadio sono spalancate. Dentro ci sono vestiti pazzeschi, luccichio di paillettes e soffici boa di struzzo. Si direbbe li collezioni.

Questa vecchia è proprio strana. Che diavolo se ne fa

un'ottantenne mezza paralitica di questa roba? C'è persino una parrucca gettata in un angolo. Quest'ultima scoperta mi inquieta parecchio, fa tanto Norman di *Psycho*...

La Finzetta non mette piede fuori casa da vent'anni. Me l'ha detto l'assistente sociale, ma io sospetto sia una leggenda. Come può essere vero? Magari non prende i mezzi, ma almeno due passi qui intorno? Giù in cortile?

Sono in bagno e non trovo la carta igienica da nessuna parte. L'occhio mi cade sulla lavatrice: una lavatrice bianca ingombrante che occupa un quarto del locale. Sopra c'è appiccicato un post-it giallo con scritto "Paola".

Torno in salotto un po' stranita e noto che anche quello è punteggiato di post-it.

«Mi scusi,» non mi trattengo dal chiedere «ma lei ha dato un nome a tutti i suoi mobili?».

Annuisce.

«E perché?».

Mi fissa da dietro gli occhiali scuri e tace per qualche secondo: «Se fossi un oggetto sarei una lavatrice, perché lava e profuma il bucato. La mia si chiama Paola». E riabbassa lo sguardo sulle sue carte. «Poi ho una cuoca, Nives (il forno) e una domestica, Lia (l'aspirapolvere). Sono tutte donne perché i maschi, be'... i maschi non sono affidabili. O, se preferisci, sono dei coglioni».

Sgrano gli occhi.

«Vuoi?» e mi porge una carta.

«Non so giocare...» mi schermisco io.

«Proprio a niente?».

«Conosco *ammazza la vecchia*!» esclamo senza pensare.

E così, di colpo, mi scoppia e ridere in faccia, una risata piena, sincera.

Poi, a bruciapelo: «Perché sei qui?».

Io faccio una smorfia, prendo tempo, non voglio essere scortese. «Mi sono sempre piaciuti gli anziani…». Con la rughetta all'angolo della bocca che mia mamma chiama «la rughetta della bugia». Impossibile, per me, mentire, se mi conosci anche solo un po'.

«Ho capito, ti servono i soldi» riordinando una fila di carte.

Allora confesso che sono una docente precaria, che devo studiare per il dottorato e l'abilitazione, che vivo sola.

«Ecco quindi che ti servono i soldi!» ribadisce sarcastica brandendo la regina di prima.

«Già,» faccio spallucce io «ma non significa che mi dispiaccia venire a farle compagnia!». La "rughetta" ormai è diventata un solco profondo qualche centimetro.

Sono davvero in imbarazzo. Non so che pesci pigliare. «Anche a me piacciono i libri!». Avendone visti tanti per casa spero che sia un buon argomento.

«Solo ai poveretti non piacciono, cara» e cigolando si dirige in cucina.

«La aiuto!».

La sua carrozzina stride, un rumore aspro che fa stringere i denti per il fastidio.

«Forse potremmo oliarla?» propongo con garbo.

Lei si alza, apre uno stipetto della madia e prende dei biscotti, me li porge.

Con un certo stupore osservo che cammina. Vero, si muove male, ma a quanto sembra le gambe sono tutt'altro che fuori uso. Poi torna con le chiappe a riposo.

Forse da vecchio cerchi solo una tregua e, dopo una vita passata a correre di qua e di là, scopri che startene con le mani in mano è una bella cosa. Forse con l'età è normale comportarsi così. Non ho grande esperienza di vecchi nella mia famiglia; i miei nonni, a eccezione del padre di mio padre che non ho fatto in tempo a conoscere, sono morti tutti quando ero piccola. Non ho la benché minima idea di come ragioni un vecchio. So solo che quasi sempre hanno l'alito che sa di marcio, che si lamentano degli acciacchi e che i più sono gran taccagni.

La Finzetta non si lamenta, parla poco e vive chiusa nel suo mondo. Le ritiro i panni stesi e le riordino la cucina.

«Io senza libri proprio non ci potrei stare...» guardandomi con le sue chiappe comode.

«Neppure io!» e piego un golfino azzurro.

«Ne ho scritto uno anche io, tanto tempo fa».

Mi racconta che s'intitola *Dentro e fuori,* che è la storia di un tizio che non ha vissuto solo per paura. Che ha lavorato in banca tutta la vita, anche se avrebbe voluto fare il giornalista. Uno che si è sposato con una donna qualunque e gli anni gli sono caduti addosso come se nulla fosse. Ma poi un giorno fa un incontro inatteso e...

«Antonia Finzetta, adesso ricordo. Ecco dove avevo sentito il suo nome» esclamo interrompendola.

«Ma è stato una vita fa...» cambia completamente tono, e lascia il racconto a metà. «E adesso sbrigati, è ora di scendere a farmi due compere!» così, acida, all'improvviso e senza un motivo.

Poco dopo mi consegna la lista e io esco sbattendo la porta.

Quattro euro per un litro di latte, cinque arance, due yogurt e tre panini. Lo dicevo, io, che i vecchi sono spilorci.

Mentre cammino verso il minimarket dal cielo comincia a fioccare la neve. Mi muovo lentamente tra gli scaffali. Non ho fretta di tornare da quella arpia sgarbata e un po' fuori di testa.

Alla cassa il ragazzo cinese mi dà lo scontrino. «Fanno cinque euro e quaranta. *Anno di neve, anno di bene!*» e sorride.

Lo strozzerei con la busta. Il malumore della vecchia è contagioso, e penso che per me questo è un anno da schifo, altro che neve!

Al mio rientro, la Finzetta si arrabbia perché ho speso un euro e quaranta di troppo. E comincia a girare per la minuscola casa. Svuota i cassetti della vecchia madia, due piattini pieni di tutto; apre tre libri, e poi fruga in mezzo ai cuscini del divano.

«Davvero, non importa!» la rassicuro, generosa.

«Prendi questi!» porgendomi trenta centesimi.

«Non li voglio».

«Prendili, gli altri te li darò la prossima volta!» più insistente.

«Facciamo così, io mangio tutti i biscotti e siamo pari!» propongo spingendola in direzione della cucina.

Lei brontola ancora. «Se non la smette le spengo l'Amplifon per dispetto» addentando un biscotto. Ridacchia. Prima di andarmene mi do una sistemata davanti allo specchio e mi accorgo che sono sporca di cacao quasi fino alle orecchie.

«Ma non poteva dirmelo, signora Finzetta?!».

«Sai, non ci vedo bene!». Dall'espressione è chiaro che mi sta prendendo in giro.

Mi infilo la giacca. Sulla porta mi volto a guardarla. «Perché si fa chiamare Gilda?».

Allora spiega che, nel film omonimo, Rita Hayworth «ha due tette così» e che lei un petto del genere se lo sogna da sempre. Che a tredici anni pregava già la Madonna che gliele facesse crescere durante la notte. «E poi,» conclude «lo sai cosa indicano le tette di una donna?».

«Cosa?» chiedo perplessa.

«Il suo stato di latte».

«Saluti, Gilda, a domani!» e d'un tratto, chissà perché, mi ritrovo di buon umore.

Neanche due ore dopo il mio dito si posa sul campanello dei Prao.

Riccardo mi ha lasciato una lista di cose da comprare: carne, uova, biscotti, cereali…

«Anche l'olio!» bofonchia Beo mentre ci chiudiamo il portone alle spalle.

Ce ne andiamo un po' a zonzo tra i negozi del centro. Entriamo dal fruttivendolo e compriamo ogni ben di Dio. Stasera stacco alle otto e mi tocca preparare la cena a tutti e due. Sono brava a cucinare, però odio farlo per me sola, è bello per gli altri, è un gesto d'affetto.

Beo saltella qua e là facendo svolazzare il mantello rosso da Superman – mi ha spiegato che deve indossarlo perché ha dei superpoteri. Poi salta in sella alla sua biciclettina rossa e corre sotto i portici di piazza delle Erbe. Mi supplica di passare per il Lissuola perché lì ci sono i suoi compagni di classe e proprio non può *non* salutarli. Scuoto la testa con decisione. «Non facciamo in tempo, magari domani». Lui inizia a piangere a tutta bocca. Quando i bambini si disperano lo fanno con il dolore del mondo intero.

«*Lorenzolo* mi prende in giro...» prorompe tutto d'un fiato.

«E chi sarebbe questo *Lorenzolo*?».

«Il mio compagno. Dice che non so andarci in bici perché sono piccolo!» tirando su col naso.

Salta fuori che Lorenzolo è un tipetto maligno che si diverte a stuzzicare i più deboli.

Sorrido. «Guarda che si dice Lorenzo, Beo!».

«Lorenzolo, Lorenzolo, io cosa ho detto?!».

Gli prendo la manina, gli pulisco il naso e ci avviamo al parco. Un gruppetto di bambini gioca vicino alle mamme intente a chiacchierare fitto.

«Bernardo va', va' dai tuoi amici» lo incoraggio.

«Quello lì è Lorenzolo!» sussurra puntando il dito.

Poi scende dalla bici e va all'altalena, con il mantello che ondeggia a ogni passo. Lo marco stretto. «Ma allora perché sei voluto venire?».

«Così...» e fa spallucce.

«Ma si divertono, coraggio, vai a salutarli!» bloccandogli la catena.

«Lasciami subito!» urla rabbioso. Gli occhi persi e soli assomigliano a quelli del padre. Non so cosa fare. Dopo qualche istante scende dall'altalena e mi guarda avvilito. «Forza,» dico stringendogli piano la spalla «torniamocene a casa».

«Loro hanno la mamma che li porta al parco» spiega Beo in cucina senza bisogno che glielo chieda. «Io no. Allora non mi invitano da nessuna parte, neanche alle feste!» e intanto impasta con foga. Siamo qui, infarinati e appiccicosi. È la mia terapia preferita: quando sono nervosa faccio il pane, ho voluto provare con Beo e vedo che funziona. Con le mani in pasta fino al gomito a sbattere e a manipolare. È come lavorare la terra: la tensione si scarica, la confusione svapora.

«Ma a me non importa, tanto sono scemi, quelli!» pigola con la sua vocina.

Adesso mi è tutto più chiaro.

Continuo a impastare in silenzio. Cosa potrei dirgli? Vedrai che ti passa? Fai il primo passo e cambieranno atteggiamento? Frottole. I bambini non sono buoni come la gente ama credere e probabilmente lui ha ragione, è diverso dagli altri e tanto basta a farne un bersaglio.

«Qualche volta Ester mi porta al parco» continua tutto preso dalla sua palla di pane. «Ma non è la stessa cosa, quando ero più piccolo ci andavo anch'io con la mia mamma».

Mi si gela il sangue.

In questo momento vorrei baciarlo, riempirlo di tutti i baci del mondo e poi baciarmelo ancora. Sento il cuore che scricchiola sotto il peso della tenerezza mista alla pena. Esito. Dopotutto sono una mezza estranea e forse non è il caso di buttarla in coccole. Ma che diamine, Doralice, ascolta l'istinto!

Lo prendo in braccio e inizio a fargli un solletico da togliere l'aria. Lui ride, rosso in faccia, con gli angoli della bocca che toccano gli occhi. Ride da contagiarmi.

Esausti, ci trasciniamo in salotto e ci lasciamo cadere sul divano, contenti di volerci già un po' di bene, a riprendere fiato. Nella luce discreta dell'abat-jour le ombre delle cose si aggrovigliano. «Guarda, c'è un elefante con una lunga proboscide che solletica un coccodrillo indiano!» gli strizzo l'occhio indicando il soffitto. «E sulla parete in fondo una farfalla, una pecora e anche un cammello».

«E laggiù un cavallo» puntando il dito.

«Secondo me è un somaro».

«Ma no… un somaro no!». E ritorna serio.

Beo è così, un attimo ride e l'attimo dopo si rabbuia di colpo.

Ma io non mi arrendo.

«Ho un'idea!» dico prendendolo in grembo.

Mi guarda interrogativo.

«Facciamola noi una festa! Qui, per carnevale. Che dici?».

«Una festa? Qui? E se papà non vuole?».

«Ci penso io a convincerlo».

«Una festa? Bello. Sono *emossionato*!» mi getta le braccia al collo.

Allora lo stringo forte e restiamo immobili per dieci secondi. Ho letto da qualche parte che solo così l'abbraccio funziona, se è troppo breve non fa bene davvero.

«Torniamo a cucinare?» propongo.

Inforniamo il pane e prepariamo lo spezzatino. Raccogliendo farina per tutta la casa, decido che il pomeriggio da piccolo cuoco è stato un successo.

Alle 19.30 arriva il papà. Io finisco di sistemare mentre Beo guarda un cartone.

«Che profumo!» esclama Riccardo con quel suo sorriso.

Madonna che bello che è, con quelle fossette, mmm!

Arrossisco.

Lui si avvicina al forno e controlla i panini. Alza il coperchio e annusa lo spezzatino.

«Sei da sposare, Doralice Incanto!» proclama.

Mi lascio sfuggire un trillo di gioia, un verso bizzarro che gli strappa un altro sorriso e mi fa arrossire di nuovo fino ai capelli.

Dopo una doccia veloce e mezz'ora di gioco nella stanza di Beo, Riccardo rispunta ancora più bello di prima, con indosso una polo e un paio di jeans vissuti. Ha i capelli un po' mossi e un profumo di fresco che stuzzica le narici e fa venir voglia di appoggiargli la testa sul petto.

«Allora, sono il solo che muore di fame?» chiede fregandosi le mani. Beo lo avverte che siamo stati noi a cucinare e che la carne perciò fa un po' schifo.

«Beo?!» lo fulmino io.

Faccio per salutare ma Riccardo mi afferra il braccio. «Fermati a cena, no? Come facciamo a mangiare tutta questa carne schifosa da soli?».

È la prima volta che i nostri corpi si toccano. È assurdo, ma sento uno sfarfallio nello stomaco, la bocca mi si secca di colpo. Il mio viso torna ad accendersi come una lampadina.

Questo fatto che quando mi imbarazzo arrossisco è la mia croce dai tempi delle elementari. Per dirla tutta mi vengono pure delle strane chiazze sul petto; insomma, sembro una mucca, oppure malata...

«Va bene...» rispondo con un filo di voce.

«Che bello, che bello!». Beo mi zampetta attorno festante.

C'è aria di vita in questa casa stasera, di vita che pulsa ancora: una tavola piena, profumo di sugo e di pane. Divoriamo tutto, non avanza neppure una briciola. Beo riesce a imbrattarsi persino la canottiera e Gedeone fa piazza pulita dei pezzetti di cibo disseminati per terra.

«Ma avete fatto voi anche la torta?» chiede Riccardo addentandone un pezzo.

«Certo!». Io e Beo ci strizziamo l'occhio, perché in realtà l'abbiamo comprata nel panificio qui sotto.

Li osservo, talmente belli da far sentire bella anche me, un poco miei questa sera.

Ci sediamo sul divano a guardare un cartone prima che Beo vada a letto.

La luce è calda e soffusa e per un attimo, uno solo, ho l'illusione che sia mio questo salotto, mia questa famiglia. Una famiglia in cui io non sono la figlia è una cosa completamente diversa. Penso a cosa si possa provare ad avere un uomo al tuo fianco e un bambino tutto per te, al divano la sera, a una vita così.

Ma d'improvviso un pensiero pungente mi toglie il sorriso. Siamo noi tre, ma io non sono *noi*, io non c'entro. Riccardo scruta me e Beo con la coda dell'occhio e non è un bello sguardo, il suo.

Perché non dovrei esserci io vicino a Bernardo. Io sono il sale sopra una ferita.

Allora mi chiede se posso mettere a letto Beo, gli dà un bacio e sparisce con la scusa di dover lavorare. È un'altra persona rispetto a pochi minuti fa.

Beo e io passiamo davanti allo studio e, dalla porta socchiusa, vedo la luce della scrivania accesa; un libro aperto e lui che si regge la testa con entrambe le mani. Lo sguardo pensieroso e triste coperto dai grossi occhiali. La casa è vuota e asettica, ma quella stanza no, la luce della lampada rivela oggetti, cornici e foto, come uno scrigno pieno di ricordi in cui rintanarsi.

Rimango a fissarlo pietrificata, finché Beo non mi scuote.

«Che fai... forza, andiamo!» e sgattaiola in camera sua.

«Perché piangi?» mi chiede mentre gli infilo il pigiama.

«Niente... un po' di raffreddore!» e gli do un bacio.

Faccio un lungo sospiro e gli rimbocco le coperte.

«Adesso vado, Beo. Buona "carrozza dei sogni"».

«Perché carrozza dei sogni?» con solo gli occhi che spuntano dal piumone.

Allora gli spiego che il letto è una carrozza magica che viaggia di notte e ti porta nel mondo dei sogni. Me lo diceva il mio papà quando ero piccola e si può fidare.

Sorride contento.

«Non me la lascerà fare la festa...».

«Ci penso io, te l'ho detto!».

«Doralice».

«Che c'è?».

«Mi sono dimenticato la coperta...» con un filo di voce.

Mi volto, apro l'armadio e la sfilo da sotto il sacco stracolmo di giochi, logora e colorata. Beo se la porta al viso, la stringe e chiude gli occhi.

Esco da quella casa e mi siedo sulle scale, al freddo, troppo svuotata per riuscire a muovermi.

Loro, senza più *lei*, a dover vivere ancora. E si vede che a ogni respiro, a ogni sapore nuovo, Riccardo sente che c'è un pezzettino di *lei* che se ne va.

Febbraio

La prima volta che mi è venuto il blocco dello scrittore avevo dieci anni.

La pagina mi fissava bianca e minacciosa e sentivo di non avere più niente da raccontare. C'era un angolo tutto mio nel quale mi rifugiavo a scrivere, nella grande casa di campagna in cui vivevamo. Su nella soffitta, dove la luce filtrava da una finestrella incastrata nel tetto.

Eravamo tre sorelle, io la seconda, che se ci pensi è una fregatura: non sei la più grande ma neanche la più piccina. Un'insulsa via di mezzo.

Da sempre, non saprei dirti di preciso da quando, ma già da allora, mi piaceva spalmarmi le mani di crema, farle viscide da non riuscire ad afferrare le cose. Non so perché. Mia mamma me la spalmò la prima volta. Così un bel ricordo della mia infanzia è l'unto della glicerina. Mi piaceva anche fumare, questo dopo, da ragazzina; ma da quando son quasi morta praticamente non fumo più. Perché, come chiunque altro, anche io non ho fretta di morire.

È stato di martedì, un martedì sghembo fin dal risveglio. Mi stavo vestendo quando ho avvertito un formicolio che dal braccio mi saliva fin su nella faccia. Poi un pizzicore. Allora ho chiamato l'ambulanza: quando sono arrivati ero già svenuta, con un collant che penzolava beffardo dal piede.

Niente alcol, niente fumo, niente vizi. E la vita di colpo mi è sembrata ancora più brutta. È meglio non andarci troppo spesso dal medico, questo avrei potuto insegnartelo.

Poi ho dovuto fare la riabilitazione, perché mi si era paralizzata la bocca, e ho conosciuto un'infermiera che aveva un senso dell'umorismo molto particolare. «Vuole anche lei un pezzetto di cioccolata?». Ma io non potevo masticare e lei lo sapeva. Allora mi sono spiegata le stragi, gli attentati terroristici e gli olocausti. C'è qualcosa di sadico dentro l'essere umano: se ne sta lì nascosto sotto le maschere che indossiamo ogni giorno, ma in un attimo può saltar fuori.

E dietro la stessa linea ci sono un mostro e un eroe.

Io i mostri li ho visti e sembravano angeli.

Quando sono tornata a casa (e dovevo sputare la saliva perché non riuscivo a deglutire) Oreste mi ha portato dei fiori. Un gesto un po' più romantico della solita carta igienica! Ci ha tenuto a specificare che erano anche da parte della moglie, ma io ne dubito: era così gelosa della mia strana amicizia con il povero Oreste! Probabilmente era delusa che non ci fossi rimasta secca.

Poi d'un tratto l'ispirazione tornò. Il blocco si era misteriosamente sbloccato.

Il re era scappato nel bosco.

E da lì continuai a raccontare.

Anch'io avrei voluto scappare, lontano da quella casa persa nel niente, lontano dalla famiglia che mi soffocava. È sempre difficile crescere, anche quando non hai troppi problemi.

Ma poi, in un giorno di sole, mio padre si mise a gridare: «Corri, vai via, stanno arrivando!» con la voce che ruggiva di disperazione. «Via, via... adesso!» con tutta l'angoscia del mondo.

E io corsi così forte da dimenticarmi di respirare. In mezzo al bosco, con i rami che mi tagliavano la faccia, inciampavo e mi rialzavo, e ricominciavo a correre.

Non lasciò che prendessi Cate con me. Non so perché.

E così le ultime parole che mi rivolse mio padre furono: «Corri, scappa». E io corro da tutta la vita: via dal mondo, dagli altri e anche da te.

Gilda

6

La vita è la cosa più fragile del mondo

[illegible]

6

La vita è la cosa più fragile del mondo

È una giornata fredda di fine febbraio, il cielo è grigio e non lascia passare nulla, neppure uno sguardo. Una cornacchia in lontananza spacca il silenzio, poi il rombo di un aereo squarcia il cielo perdendosi tra l'ovatta. Ovatta di nuvole che attutisce i suoni: c'è uno strano silenzio, oggi.

Passo da Ettore alle 8.30 per recuperare un altro testo di Jakobson, e lo trovo intento ad alzare la saracinesca, puntuale come sempre. Mi sembra pazzesco, ma è già trascorso un mese da quando la mia vita è cambiata, da quando ho incontrato Gilda e Beo. L'una l'opposto dell'altro: una vecchia e un bambino. Un mese?! E devo ammettere che, tutto sommato, con loro non mi trovo poi tanto male.

Con in testa questi pensieri entro in libreria. Ettore mi saluta affettuoso, poi sparisce sul retro e ritorna con il libro in mano. «Ta-daaa!» esclama esultante.

Il volumetto è troppo vecchio e vissuto per essere il Jakobson… vuoi vedere che? Impaziente, glielo strappo dalle mani. Sì, è proprio lui! *Dentro e fuori*, il romanzo di Gilda!

Sulla copertina c'è un acquerello di uno che guarda il mare. Giro qualche pagina "finito di stampare nel 1979". Penso alla faccia di Gilda quando le racconterò di averne trovato una copia.

«Tu l'hai mai letto?» lo incalzo curiosa.

Annuisce, ma confessa di non averlo amato, troppo nostalgico e senza vie di fuga. «C'è anche il ritaglio di un'intervista all'autrice, mi è capitato in mano rovistando sul retro, ma dove diavolo l'avrò messo?».

Sorrido. «Intanto grazie infinite. Quanto ti devo?».

«Omaggio della casa!».

«Grazie, Ettore, ora devo scappare».

«Dove vai tanto di corsa?».

Gli racconto della festa di Beo, spiegando che devo ancora gonfiare cento palloncini, preparare il buffet, incartare i regali. Gli invitati arriveranno alle quattro.

Confessa che sa già tutto da Beo, non lo vedeva tanto felice da mesi. Gli occhi gli brillano quando parla del suo piccolo amico. In quel momento lo sguardo mi cade su una busta caduta a terra. Mi chino a raccoglierla e non posso fare a meno di leggere l'intestazione: "Ettore Taballi – Tempus Fugit – piazza delle Erbe 2".

Taballi? È il cognome della mamma di Beo. Lui si accorge della mia confusione.

«Sì, mi chiamo Taballi» deglutisce. «Ti devo una spiegazione. Dammi cinque minuti: ti faccio un caffè e ti racconto tutto». Annuisco.

Ettore ricompare dopo poco con i caffè in mano. Ci sediamo su due vecchie poltrone gualcite e lui attacca a parlare. «La sai la storia? Com'è andata, intendo?».

Scuoto la testa.

«Isa Taballi, la mamma di Beo, è mia sorella» aspetta qualche secondo, raccoglie le forze.

«Con Riccardo si sono conosciuti al liceo, io ero due anni avanti a loro. Si sono amati tanto e si sono sposati in fretta. Verso i trent'anni Isa si è ammalata, il male era brutto ma lei è stata forte e l'ha superato. Penso di aver saputo di Beo ancora prima di Riccardo, eravamo con nostra madre quando ce l'ha detto. Isa è arrivata a casa, gli occhi le brillavano di quella luce speciale, ed era bella, così bella da illuminarci tutti. C'erano mille sogni, paure, desideri, che si agitavano in quello sguardo. Fu uno di quei momenti, come posso dire, di pura vita. Di sole in faccia, di stordimento, di mille all'ora.

La vita sorrideva di nuovo: dopo il male di Isa, il *bene* più grande possibile. La gravidanza è stata un periodo di grazia per lei. E quando Beo è nato siamo tutti impazziti di gioia. Ma poi il male è tornato, più cattivo di prima, deciso a portarsela via». Mi guarda dritto negli occhi poi prosegue con la voce incrinata.

«È successo tutto così in fretta, un giovedì, uno stupido giovedì di sole. Hanno chiamato Riccardo dall'ospedale, io sono rimasto con Beo che dormiva ancora. Verso le undici Riccardo è tornato, aveva l'espressione sconvolta.

Quando Beo è entrato in cucina e ci ha visti piangere si è lasciato cadere per terra. Aveva già capito tutto.

"Quando viene la mamma?" gridava pestando i pugni e tirando su col naso. Con quella vocina straziante impossibile da dimenticare».

Ettore ha gli occhi lucidi, cerca invano di riprendere aria, beve il caffè e racconta dell'ultima volta che li ha visti insieme.

«Senza scampo, in quel letto estraneo con Beo che le zampettava attorno. "Quando vieni a casa, mamma? Vieni domani?" le diceva lasciandosi accarezzare i capelli. La annusava, respirandolo tutto, l'odore di lei. Isa faceva lo stesso; lo annusava e lo baciava.

Lo strinse così forte. "Domani, vengo domani" disse. Domani, capisci?».

Non riesco a parlare. Gli stringo forte il ginocchio. Mi sporgo ad abbracciarlo.

«Grazie, Ettore» balbetto a sproposito. «Grazie di tutto». Scatto in piedi e corro via, lontano da Ettore, da Isa e da tutto il dolore di quella storia d'amore e di perdita.

Corro fino quasi a piazza del Convento e poi, senza fiato, mi accascio a terra. Cerco un dolore fisico, stringo i pugni da farmi male.

Tra la luce bianca di questo cielo invernale, in mezzo al chiacchiericcio incessante della gente che si spinge per le strade, un vortice mi risucchia. La vita è la cosa più fragile del mondo, un cristallo crepato, che può scoppiare all'improvviso e investirti con le sue schegge.

Cammino per quasi cinque chilometri, infine, esausta salgo sul primo tram che mi capita a tiro: mi fanno male le gambe e ho bisogno di bere dell'acqua. Mi appiccico al finestrino e osservo lo scorrere delle cose là fuori.

Alla fermata successiva salgono due ragazze rom. Una avrà forse vent'anni e tiene con noncuranza un bimbo al collo. Incrocio gli occhi spenti dell'altra – occhi che hanno visto così tanta bruttezza da diventare brutti anch'essi – e subito abbasso lo sguardo. Occhi così fanno paura. Come se l'anima fosse scappata via.

Il male del mondo oggi mi stritola come un serpente, lo sento cingermi il collo e avvolgersi, avvolgersi fino a spezzarmi il respiro. Penso a tutte le ingiustizie, alle anime sconfitte, alle dignità violate. Penso ai mostri, quelli veri. Ho voglia di urlare.

Scendo dal tram, mi compro una bottiglietta d'acqua e bevo avidamente. Poi mi incammino veloce verso casa di Gilda. Ma per quanta foga ci metta, non riesco a lasciarmi alle spalle il male, i ricordi, le lacrime di Ettore, l'espressione della donna con gli occhi vuoti.

Mi fermo davanti al supermercato all'angolo a guardare una mamma col suo bambino. Lo bacia, lui ride e gorgheggia qualcosa che sa di amore. Penso a Beo e al suo amore mancato. Lui una mamma non ce l'avrà mai più. Forse Riccardo, un giorno, riuscirà a voltare pagina. Ma quel corpo a corpo, quel tutto che respirano insieme madre e figlio, quell'amore istintivo, Beo l'ha perduto per sempre. Il suo è un lutto che dura per tutta la vita. Per questo si dice "orfano": deriva da *orbus*, privo, depredato, lasciato così, in balia.

Entro, prendo le uova e la farina, le trombette per la festa di oggi pomeriggio e qualche colore.

Gilda mi aspetta sulla porta e risponde al mio saluto rimproverandomi per il ritardo. «Abbiamo una rigida tabella di marcia!» osserva con le mani già sporche di farina. Le sto insegnando a fare le torte e il pane, le piace e ci mette una cura che non ti aspetteresti da un tipo come lei. Invece montare il chiaro a neve o tirare la frolla a quanto pare le addolcisce il carattere. Non dico che la trasformi in Clara, la nonnina buona delle mie fantasie, questo sarebbe troppo; però le mette voglia di chiacchierare e stempera la sua vena ironica in qualcosa di molto simile alla tenerezza. Le ho raccontato di Beo, della sua festa, e così da qualche giorno ci dedichiamo a preparare biscotti, torte, cupcake.

Più tardi mi verrà a prendere Riccardo in macchina, avrò almeno cinque vassoi pieni di leccornie e non posso tornare col tram.

Gilda ha una vera passione per Bernardo. Due volte me lo sono portato qui perché Riccardo non sapeva a chi altri lasciarlo, e la vecchia, con lui, è di una dolcezza disarmante. Quando le ho raccontato la sua storia si è proposta di aiutarmi nei preparativi per la festa. Ho provato a insistere che doveva venire anche lei, ma è stata irremovibile. «Non esco di casa e punto!». Adesso, fianco a fianco in cucina a impastare, la sento persino un po' amica. Assaggia la glassa e mi racconta qualcosa di sé.

Lei, dice, è contraria all'idea del matrimonio, e in generale non ha grande stima dei maschi. È orgogliosa di non aver mai ceduto, perché il matrimonio è la tomba di qualsiasi amore.

«Ogni giorno ad abbassare la tavoletta del cesso, per carità!» scuotendo la testa. «E tu, invece? Perché non hai un ragazzo?» domanda spolverando di zucchero a velo un muffin al cioccolato.

«L'amore fa male. Se lo conosci, lo eviti» faccio spallucce.

Gilda mi afferra i polsi. «Fa più male essere soli; tanto vale provarci! Quando l'amore arriva, tienilo forte. Non lasciarlo andare» fissandomi con quegli occhi verdissimi.

«Perché?».

«Perché se lo lasci andare non torna più».

Disegno Topolino con la pasta di zucchero e penso che l'amore è una trappola che ti distrugge. Mi viene in mente Didone e mi fa pena Sicheo. Poi Giangiotto che era uno storpio e mica per colpa sua. Infine Isa, Riccardo e Beo.

«E cosa succede se perdi l'amore?» insisto.

«Continui a rimpiangerlo per tutta la vita».

Mi faccio coraggio.

«Ma a lei è successo così?».

Mi guarda storto.

«Lascia perdere me e i miei rimpianti. Piuttosto, ricordati che vale sempre la pena di osare».

Allora le dico che la stimo, perché ha l'aria di chi ha sempre fatto quel che ha voluto, e che un giorno vorrei assomigliarle.

«Non essere sciocca, Doralice! Da me non c'è da imparare proprio niente!» agitando il cucchiaio di legno.

«Quel che volevo era scrivere, e mi sono tolta lo sfizio. Mi ha dato quel tanto di orgoglio, ma poi è stato come pulirsi il sedere con la carta vetrata».

Alzo un sopracciglio di fronte a quella metafora. È chiaro che le mie chiacchiere minacciano di farle passare il buon umore.

«Comunque, tu non me la racconti giusta... secondo me hai un debole per il padre di Beo».

«Assolutamente no!» e mi viene da ridere. Uno sguardo all'orologio e corro in bagno a darmi una sistemata: il tempo è volato e tra poco Riccardo passerà a prendermi.

«Guarda che ti ho visto arrossire come un peperone!» mi urla dalla cucina.

Intanto il profumo dei dolci ha invaso la casa; spengo il forno e Gilda mi avverte di girargli al largo. «Meglio uno della tua età. E poi, Riccardo è incasinato, un sopravvissuto. Tu hai già i tuoi problemi a cui pensare».

Le schiocco un bacio.

«Vado».

«So io chi andrebbe bene per te» rilancia sghignazzando. «Non è carino Armando?».

«Chi?» arriccio il naso io.

«Quello che ci porta i tacos, sai, il cugino di Santiago».

«Armando?».

«Sì, Armando» ammiccando.

«E be'?» e già mi girano.

Ci manca solo che Gilda si impicci della mia desolata vita sentimentale. Con lei come mezzana ho veramente toccato il fondo.

«Tanto vale che te lo dico. L'altro giorno, insieme alla mancia, gli ho allungato un biglietto col tuo numero di telefono e...».

«Cosaaa?!». Ma come diavolo si è permessa? Vecchia ficcanaso senza vergogna!

Uno squillo sul cellulare: Riccardo è arrivato. Raccolgo le mie cose, afferro i vassoi caricandomi come un mulo.

«Poteva anche citofonare, salire ad aiutarti. 'Sto maleducato!» borbotta Gilda mentre la guardo in cagnesco.

Me ne vado senza aiutarla a infilarsi le calze da notte. «Così avrà i piedi più freschi!» ed esco sbattendo la porta.

Riccardo mi tiene aperto il portone. «Ho la macchina qui davanti» e ci scambiamo un sorriso.

Anche mentre guida è bello, con l'aria concentrata, il profilo spigoloso, gli zigomi alti e una manciata di lentiggini sparpagliate sul naso a casaccio.

«Beo è così emozionato! È seduto davanti alla porta di casa ad aspettare i suoi amici».

«Di già?».

«È lì da almeno due ore!» e scoppiamo a ridere.

Sono emozionata anch'io. E anche un pelino in ansia. Spero che gli invitati si presentino tutti, che i dolci siano buoni, che Beo sia felice: che vada tutto alla grande!

Ester ci viene incontro per le scale, l'odore di patatine fritte arriva fino all'androne. «Siete arrivati, siete arrivati!» alle sue calcagna Bernardo quasi svolazza davvero nel suo mantello da Superman.

«Che ore sono?» mi chiede tirandomi per la giacca.

«Le tre e mezza» sorrido.

Imbandiamo il buffet, attacchiamo gli addobbi e gli ultimi palloncini. Sotto l'immancabile mantello, Beo indossa una maglietta di Superman e un paio di jeans. Spiega che preferisce non mettersi i muscoli finti e la maschera in faccia perché se no va a sbattere da tutte le parti.

«E adesso che ore sono...?» con gli occhi che gli brillano.

La prima scampanellata.

«Chi è? Chi è?» incontenibile.

Un'altra.

Ester va ad aprire. «È arrivata Elettra» annuncia ossequiosa facendola entrare.

Una cosina coperta di pois da capo a piedi, più bassa di Beo di due spanne, con in testa un'orrenda parrucca, che, mi informa la diretta interessata, «forse è delle Winx».

Il padrone di casa la studia con approvazione e quando Elettra corre in bagno a fare pipì, non resisto e chiedo a Beo se sia la sua fidanzata.

«No, siamo solo amici!» risponde serio scuotendo il testone.

«La Gioia è la mia fidanzata!» rettifica.

Riccardo ridacchia, allora gli chiedo piano chi sia questa Gioia. Sussurra che è la modella di una pubblicità, quando Beo l'ha vista ha deciso di fidanzarcisi, e adesso aspetta con ansia che lei lo chiami per andare a mangiare la pizza.

Reprimo una risata che si trasforma in pernacchia.

In dieci minuti la casa si riempie di piccoli Batman (tre), Superman in miniatura (quattro, compreso Beo), Spiderman in formato tascabile (cinque, addirittura). E poi dame, principesse e fatine assortite. Più qualche mamma impegnata nelle solite chiacchiere filosofiche: shopping, pediatra e la perfidia degli insegnanti.

Io ed Ester teniamo a bada venti pestiferi che sgattaiolano ovunque e fanno fuori tutti i dolci senza obiettare, per non parlare delle pizzette e delle patatine, lasciando solo qualche carota – il mio omaggio ipocrita alle preoccupazioni salutiste di Riccardo. Beo si diverte, lo vedo correre qua e là in mezzo ai suoi amici. Dopo due ore posso affermare soddisfatta che hanno saltato, corso, ballato, se le sono anche date per poi fare pace e dividersi le ultime schegge di patatine da buoni compagni. In bagno ho beccato Beo e il famigerato Lorenzolo che si sfidavano a chi beveva più Coca (decaffeinata, per fortuna!). Lorenzolo ha dato di stomaco e per Beo averlo visto *gomitare* ha suggellato l'inizio di una vera amicizia.

Alla fine viene a chiedermi se può andare a cena da Leonardo. Spiega che non trova il papà e quindi devo decidere io che sono il suo vice. D'impulso gli dico di sì, ed Ester si offre di andare a prendere Beo di lì a un paio d'ore.

Prima delle sette e mezza se ne sono andati tutti, la casa è vuota, nell'aria l'odore della festa appena conclusa – zucchero, fritto e testoline sudate – e dalla cucina l'acciottolio di Ester che rigoverna. Riccardo è sparito da un po'.

«Riccardo!» cercandolo in ogni stanza.

Lo trovo in camera di Beo, seduto per terra davanti all'armadio con le ginocchia strette al petto.

«Allora io vado» sentendomi di troppo. Ma lui mi afferra il polso. Il cuore nel petto mi fa una capriola.

«Resta ancora un po', ti prego» sussurra.

Gli prendo la mano, grande, calda. La tengo con cura, senza stringere. Mi siedo accanto a lui.

«Come ho fatto a essere così stupido?» invoca scuotendo la testa. «Come ho fatto a non capire che a Beo serve almeno il suo ricordo?».

Gli dico che sta facendo del suo meglio, che lui e Beo sopravvivono insieme, che la colpa non è sua.

«Era un tappeto magico» si alza e apre l'armadio. Afferra la famosa coperta. «La sera lei la stendeva per terra e viaggiavano, gli raccontava storie meravigliose. Beo si divertiva, erano così belli insieme. Poi l'ho fatta sparire con tutto il resto, pensavo fosse in cantina. Invece ho scoperto che ci dorme tutte le notti».

«L'hai detto tu stesso, non puoi togliergli anche i ricordi, sarebbe ingiusto. E inutile» sospiro.

«Pensavo... Io speravo di togliergli un po' di dolore. Ma no, non posso fare neppure questo».

Nella luce calda dell'abat-jour mi avvicino ancora di più e gli appoggio la testa sul petto. Vorrei consolarlo, ma sono io che provo sollievo ora che finalmente i nostri corpi si toccano. Mi cinge la vita col braccio, io faccio lo stesso e restiamo lì, per terra, aggrovigliati e scomodi, ad ascoltarci il respiro. Dopo un tempo che sembra lunghissimo alzo la testa. Ci guardiamo dritto negli occhi. I suoi sono così belli che vorrei tuffarmici dentro. E ci baciamo. Ci baciamo davvero, con furia, mordicchiandoci le labbra; baci e ancora baci, sulla bocca, sugli occhi, sul collo. Lo desidero da scoppiare, ci aggrappiamo l'uno all'altra e sussulto nel sentire la sua mano insinuarsi sotto la maglietta...

«Signor Prao...» squilla Ester rompendo l'incanto. «Siamo tornati!».

E la voce di Beo riempie la casa.

7

[illegible]

[illegible]

7

Bambini nel tempo

«Ma è stato lui a baciarti, oppure il contrario?» guardandomi nelle palle degli occhi.

«Che differenza fa!» sbotto seccata.

Gilda scuote la testa. «Ho capito, sei stata tu e non c'è nulla di buono in questo».

Io afferro la cesta stracolma e vado a stendere all'ultimo piano, sulla terrazza condominiale. Con la montagna di panni sotto al braccio mi strizzo a fatica nell'ascensore angusto che sa di sigaretta e di rancido. È una giornata stupenda: il cielo è terso, l'aria frizzante e si vedono le montagne, incorniciate da nuvole così perfette da sembrare dipinte. È freddo, ma aleggia nell'aria un vago sentore di primavera.

Riccardo non lo vedo da due giorni, dalla sera del bacio: aspetto con ansia di andare da lui, oggi. Per cercare di capire cosa senta. Gli piaccio? Mi aspetta? Io l'ho sognato, l'altra notte, e al risveglio sono rimasta affranta nello scoprire che non era davvero al mio fianco. Vorrei stringerlo ancora, sentirlo, annusargli la pelle del collo. Ha un odore così… *suo,* non riesco a togliermelo dalla mente.

Stendo le lenzuola sul filo e il vento teso le fa svolazzare su e giù. Come il mio cuore, che da due giorni viaggia sulle montagne russe, lanciato a folle velocità verso il probabile schianto. Perché io non sono come Anna, pragmatica, razionale. Io non sono una spaccamondo, una che sa quello che vuole e se lo prende. Me ne sto sempre due passi indietro per paura di sbagliare.

Così nell'amore. Anna invece si salva sempre, anche adesso che sposa Gregorio.

Me li immagino vecchi e insieme. Che lei non lo ami importa poco. Lui la ama. Forse se ci si ama in due c'è più rischio: due teste, due cuori. Uno solo è meglio, dà più garanzie. Io quando mi innamoro divento assillante, un vibrare continuo, un crepitio furibondo di paura e di vita. Fastidiosa come un prurito, come un sospetto, come la sete. Io amo con la pelle, con la pancia. Se mi lancio è senza paracadute.

Infilzo l'ultima maglia nella molletta e torno di sotto.

«Ti farà del male…» borbotta Gilda, come se la conversazione non si fosse interrotta. «Ti farà del male e basta, fidati Doralice. Lascia perdere finché sei in tempo!».

Il contrasto tra la luce intensa di fuori e questa penombra di tapparelle abbassate e lampadine da venti watt mi fa vacillare per un istante. Quando la vertigine passa, mi accorgo di essere ancora seccata con la vecchia spiritata che ce la mette tutta per confondermi.

Ma come, prima mi dice che l'amore non lo devi mollare, poi pretende che volti le spalle al primo uomo che, dopo anni, mi fa battere il cuore come un tamburo? Proprio non la capisco, Gilda. E glielo dico, quasi gettando la cesta vuota sul tavolo.

«Lui è un superstite... uno che ha visto che si sopravvive a tutto!» ruggisce lei per tutta risposta.

Quest'ultima frase colpisce nel segno. Mi trema il labbro, segno sicuro del fatto che sto per scoppiare.

«Cosa credi ti possa dare uno che non ha più niente da perdere?».

Con Gilda è così, quando vuole mi fa sentire nuda, indifesa.

Mi studia con gli occhi a fessura, poi si volta dall'altra parte. «Fa' come credi» conclude secca.

Anche stasera dovrà vedersela da sola con le sue calze. Mormoro un «a domani» duro come una lama e me ne vado. Almeno sono riuscita a non piangere.

Per andare alla fermata non faccio la solita strada. Scelgo una viuzza stanca con l'odore di fritto e i panni stesi che mi fanno il solletico. Tra i tetti sbucano pezzi di cielo che paiono finti, una luce che solo a marzo.

E anche se il nostro torna a sembrarmi un bel mondo – con la gente che grida al mercato, la brezza che mi scompiglia i capelli e i rintocchi del campanile – so che c'è un punto fragile in me. Un cristallo crepato che potrebbe esplodere, ferendomi dentro. Un mostro assopito che, ogni tanto, apre gli occhi senza svegliarsi del tutto.

Il tram arriva in fretta e sono da Beo con dieci minuti di anticipo. Non appena mi vede mi salta al collo. «Andiamo al parco?».

«Certo, a salutare Lorenzolo. Ma... papà dov'è?». Oggi è lunedì e di solito non va in ospedale.

Fa spallucce.

In quel momento Riccardo sguscia fuori dallo studio. «Ciao» mormora imbarazzato, evitando il mio sguardo.

Ciao?! È tutto ciò che hai da dire? Complimenti, Riccardo.

E mi esce un «ciao» di rimando se possibile ancora più moscio del suo.

Forse ha ragione Gilda, l'ho baciato prima io e questo fa la differenza.

Un quarto d'ora dopo, io e Beo siamo seduti sulla panchina rossa, la sua preferita. Gedeone si gode il sole ai nostri piedi.

Ci sono cinque mamme a far capannello, quattro bambini sull'altalena, un piccione che becchetta come un forsennato e una vecchia che prepara le ciotole per i gatti randagi. Un po' di foglie mosse dal vento e un cielo dentro cui mi perderei volentieri, specie adesso che so che Riccardo non ne vuole sapere di me. Ma proprio quando la rabbia e la desolazione stanno per prendere il sopravvento, sento una voce imperiosa gridare: «Mi scusi, è suo questo cane? Guardi che deve stare al guinzaglio. E poi, non lo vede il divieto? Niente buche, qui».

Oddio, Gedeone! Si è allontanato senza che me ne accorgessi e adesso sta scavando una buca gigante proprio accanto alla quercia più pregiata del parco.

Bofonchio uno «scusi» rivolto al passante e mi precipito ad acchiappare la bestia per il collare. Nell'atto di riagganciargli il guinzaglio, noto un luccichio che occhieggia tra radici e lombrichi.

Gedeone abbaia orgoglioso.

«Cosa ha trovato stavolta?» si informa Beo.

Allungo la mano e afferro un relitto verde e infangato, una vecchia bottiglia con dentro qualcosa che sembra... un biglietto.

«Forza, Doralice, aprila, dobbiamo leggere cosa c'è scritto!» incalza Beo battendo le mani.

Vincendo quel tanto di schifo, faccio forza sul tappo che salta via con un *pop* e libero un foglio ingiallito.

Leggo ad alta voce:

5 maggio 1973

Caro papà,

scrivo a te perché me l'ha suggerito la mamma. Nessuno in casa parla volentieri di te. Se chiedo al nonno ammutolisce come se il gatto gli avesse mangiato la lingua, la nonna piange e le zie dicono «te lo dico domani».

Secondo me ti assomiglio un po', me l'ha detto una volta il postino. Io sarei contento perché dicono tutti che eri proprio un bell'uomo. Non so come si stia con un papà vero. Il nonno è un po' come un papà, però è vecchio, corre piano e qualche volta gli puzza l'alito. Ci sono dei giorni che mi manchi tanto, ma non lo dico a nessuno perché se no ci soffrono e poi tanto mi passa. Come quando hai la febbre: mica ti resta addosso per sempre!

Mi hanno detto che ti piaceva fare i quadri, è così che hai incontrato la mamma. So che adesso fai l'astronauta, per questo non puoi venire a prendermi a scuola. A me un po' mi manchi, ma il nonno dice che passano le stagioni, passa il tempo, passano il bene e il male e passa anche il treno.

«Guardalo, lo vedi che non si ferma?».

Non è proprio vero, perché alla fermata giusta poi sì che si ferma, ma solo quando è ora, come la lancetta del mio orologio blu che però non è più ripartito.

Quando ti hanno sparato su Giove con il razzo turbo, la mamma era triste e per questo è scivolata nel fiume. Era quasi Natale, e le è venuto l'assideramento, ma poi l'hanno ripescata come una trota. Anch'io sono un po' sbadato e cado sempre, ma non piango perché il nonno una volta ha detto che sono coraggioso.

Penso che un giorno ti ho visto per strada. Forse ti avevano dato un permesso speciale dalla tua missione. Secondo me mi hai riconosciuto anche tu perché non la smettevi di guardare e poi mi hai sorriso. Quando avrai finito di salvare il mondo staremo insieme: tu tornerai da Giove, la Terra sarà al sicuro e ci faranno una statua in bronzo come quella che è davanti alla mia scuola, solo più alta.

Nel frattempo, vorrei tanto avere una bicicletta Torpado (cambio a tre rapporti, il modello dell'anno scorso, non quella uscita a gennaio del '71, ti faccio un disegno, così non ti puoi sbagliare!).

Mi è venuta l'idea della bottiglia guardando i cartoni.

Ti aspetto,

Giovanni Speranza

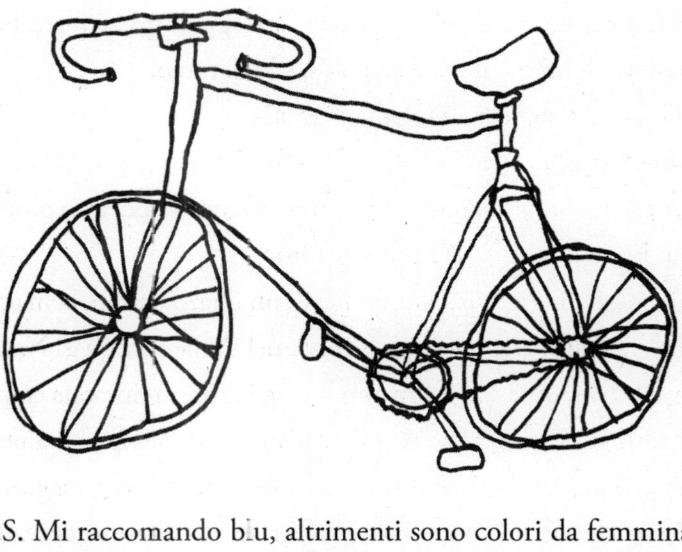

P.S. Mi raccomando blu, altrimenti sono colori da femmina e Piersilvio Rigoldi mi prende in giro.

Leggo il biglietto tutto d'un fiato, senza fermarmi.

Penso a quel bambino e mi chiedo se l'abbia mai avuta, la sua bicicletta. Se suo padre si sia fatto vivo. E un'idea comincia a farsi strada nella mia mente.

Marzo

L'asino lento se ne andò. Aveva deciso di cambiare strada.

Caterina se lo sentiva che sarei diventata una scrittrice. Lo raccontava a tutti, anche alle galline, se capitava.

Quando si iniziò a respirare l'aria pesante della Guerra, pensammo che la campagna ci avrebbe salvato. Avevamo di che mangiare e gli alberi sono bravi a nascondere cose e persone. Poi mio padre disertò, e allora ci toccò nascondere lui.

E Cate non venne con me a ferirsi tra i rovi, a correre fino a svenire.

«Ma Cate, papà?».

«Vai! Ho detto vai!».

Un ufficiale biondo si fermò davanti alla casa. Mio padre uscì con le mani alzate, da solo.

Mi tremava la mascella dalla paura. Non ne ho mai più avuta tanta come quel pomeriggio, mai, in tutta la mia lunga vita. E guardavo, nascosta tra gli alberi che avrebbero dovuto salvarci.

Dalla macchina ne scesero altri tre.

Parlavano la stessa lingua, aspra e dura come pietre tra i denti. Se lo rimpallarono come fosse un fagotto; lo spintonavano, lo strattonavano come per gioco. Era così indifeso.

Gli ordinarono di scavare e credo di averlo visto piangere. Per loro era un traditore. Gli sputarono in faccia tre volte, ma lui non lo fece lo stesso, il saluto.

Poi uno sparo e un tonfo pesante. E Cate che sbucava da dietro e cadeva con lui.

E al turpe angelo biondo venne la faccia triste, perché era lì per ammazzare il traditore, il traditore e nessun altro.

Gilda

8

L'altrove del mondo

Oggi vado a prendere Beo a scuola, pranziamo da Gilda e restiamo a farle un po' di compagnia. Sono passate tre settimane dal bacio, più corretto sarebbe dire dai "baci", e Riccardo non ha fatto che evitarmi. Poi, l'altro giorno, quando per sbaglio ci siamo trovati soli in cucina, si è voltato e, così di brutto, ha dichiarato che lui per me vuole essere un semplice amico. Veramente sei il mio datore di lavoro, razza di ipocrita! Mi sento Levante quando canta: «Che vita di merda: con in mano alcolici e niente più (ùùùùùù)».

Ecco.

Dunque, Pascal?! Tu che ne dici? Esisti ancora?

Non importa, a dirmi come stanno le cose ci pensa Gilda. «Riccardo è uno stronzo, ecco cos'è!». Ho perso il conto di quante volte me l'abbia ripetuto. Capita che, presa dall'enfasi, si alzi da quella patetica carrozzina.

Beo ha cercato più volte di convincerla a venire al parco

con noi, ma lei non ne vuole sapere. Di certo noi non molliamo: prima o poi cederà per sfinimento.

«Comunque se vuoi sapere come la penso, è una cretinata» sbuffa un attimo prima che ce ne andiamo.

«Cosa?».

«La storia assurda di cui mi hai parlato... l'idea di cercare la bicicletta,» continua facendosi scrocchiare le dita «io mi farei i fatti miei!».

«Sto cercando la bicicletta e la troverò!». Mi manca solo la spada sguainata.

Doralice Incanto la Salvatrice, l'Eroina buona, Paladina dei bisognosi nei secoli dei secoli. Amen.

«Se ti arrestano, non sperare che ti porti le arance!».

Beo le dà un bacio.

«Ricordami di non cucinare più i fagioli. Non li digerisco» aggiunge fastidiosa.

Io le strizzo l'occhio e mi chiudo la porta alle spalle.

Saliamo sul tram; Beo lo adora, non so come faccia con quell'odore che a me fa passare la fame. Invece lui si spiaccica contro il finestrino e osserva rapito il mondo di fuori. Dice che è quasi come la televisione, col maxischermo, però, che in classe ce l'ha solo Lorenzolo. Allora per passare il tempo contiamo gli alberi, le persone, i gatti.

«Guarda, due cani brutti e una signora grassa!» col dito puntato.

«Beo! Non è gentile». To'! Sono la Frizzi e i suoi carlini.

Ormai il piede è guarito e lei e le due bestiacce zampettano di nuovo per il quartiere con identica andatura.

«Mamma che brutti» insiste Beo, incredulo di fronte a tanta sgraziata esuberanza.

Lungo via Paruta, vicino a piazza del Convento, conto tre querce e due striminziti alberelli, due nonne con i passeggini, una badante con il sacchetto dei pannoloni, una scolaresca come un banco di pesciolini assonnati.

Ci lasciamo alle spalle l'ospedale e via Parini.

«Guarda, c'è il papà!» si eccita Beo.

«Dove, dove?!» chiedo io in preda all'agitazione.

Eccolo là, a braccetto di una bionda. Ma che ci fa in giro a quest'ora, in questa parte della città? E soprattutto, chi è l'oca giuliva che gli serra il braccio in una morsa così possessiva che mi vien voglia di scendere e spaccarle la faccia? Il tram si ferma al semaforo e vedo quei due che parlottano, si guardano, ridono con complicità. Non c'è dubbio che siano intimi. Lei è carina, elegante e curata, con la borsa firmata e gli occhialoni da diva. Ma guarda tu che razza di omuncolo! Cioè, io gli curo il figlio e lui ne approfitta per sfarfalleggiare in giro. E le labbra a canotto di quella! Ma chi l'ha mai vista in natura una bocca così!?

«Io lo so chi è» stuzzica Beo, con l'espressione furbetta di uno a cui non sfugge nulla. «Chi è la signora col papà!».

Dài, dimmelo dimmelo, dimmelo muoviti cosa aspetti?

«E chi è?» butto là con fintissima nonchalance.

Allora mi racconta che è Claudia, la mamma di Sara, e che

Sara non ha il papà perché i suoi si sono lasciati lo scorso dicembre e allora Babbo Natale le ha portato una marea di regali.

Hai capito, l'Oca Giuliva! Pensasse a sua figlia anziché rubare gli uomini delle altre! Sento che sto per esplodere.

E lui?! Brutto... brutto... Accidenti al giorno che l'ho incontrato!

Mi viene da piangere, ma c'è Beo. Giro la testa e soffro in silenzio fino alla nostra fermata.

Il giorno seguente siamo di nuovo a pranzo da Gilda che ci ha preparato gli gnocchi. «Deliziosi» dice Beo massaggiandosi la pancia, e lei gli stampa un bacio sulla fronte.

Io non ho quasi toccato cibo. Ho lo stomaco chiuso e i nervi a fior di pelle. È da ieri che sto così.

Più tardi, però, non appena Beo ci lascia sole un istante, ne approfitto per raccontarle tutto. Riccardo, il mio Riccardo, si vede con una bionda griffata!

«Dio salvi la regina!» esclama lei. La sua espressione indignata mi strappa un mezzo sorriso. «Ti risparmierò i "te l'avevo detto"» concede guardandomi con tenerezza.

«Ecco, brava».

E Beo arriva di corsa a interrompere la conversazione.

Finito di sparecchiare sfoglio un *Aladino* che ho trovato sul tram. «Guarda questo che coglione!» esclamo leggendo un annuncio.

Salvatore, pensionato statale.

Ciao, sono un uomo serio, vivace, con ancora tanto da dare. Vado al centro anziani vicino a casa (di mia proprietà) nel paese dove vivo. Modestamente sono affascinante. Contattami solo se hai meno di cinquant'anni. Ti aspetto.

I maschi ne fanno una questione di età, cioè hanno un cervello limitato, non ci si può fare niente. Non sono in grado nemmeno di alzare la tavoletta del WC, manco fosse fisica nucleare!

«Tira l'acqua!» gli urli, e quelli niente. Poi ruttano, puzzano e si lavano poco. Però sanno anche essere carini e dolci, con i modi un po' infantili che ci fanno sciogliere. Uffa.

Quando avevo otto anni mi piaceva Ivan Carni, che purtroppo non mi filava per niente. Ma un giorno mi arrivò il fatidico bigliettino "vuoi essere la mia fidanzata? sì/no". Ero felice, me lo ricordo bene, chi dice che i bambini non provano veri sentimenti d'amore non capisce un'acca. Tornai a casa di corsa, feci merenda e pensai che la vita in quel momento era perfetta, come un fiore. Il giorno dopo, il galante Ivan mi regalò perfino un anello di latta di quelli che si trovano nelle uova di Pasqua. Certo, non era Tiffany, ma per avere otto anni quel biondino se ne intendeva di donne.

Passati due giorni, Teresa Martorano di Aversa, trapiantata al Nord, mi fermò all'intervallo. Dovevo darle l'anello, perché Ivan le aveva detto che adesso era lei la sua morosa.

Palato per terra e delusione totale. Mi gettai su Teresa e

gliele diedi di santa ragione. Beccai una nota, la prima e l'ultima della mia carriera scolastica.

Morale della favola: la storia si ripete. Mi immagino io e l'Oca Giuliva a contenderci Riccardo, un braccio per uno stile tiro alla fune.

A proposito, forse l'ho già detto: Riccardo-razza-di-disgraziato-brutto-traditore-faccia-di-tolla!

Verso le quattro io e Beo torniamo in centro. Gli ho promesso di portarlo in bici al parco. Facciamo merenda, caschetto in testa e prendiamo i lucchetti.

Un attimo prima di uscire, l'ascensore si ferma al nostro piano. La serratura che scatta e mi trovo di fronte *lui*.

«Papà!». Beo lo abbraccia lasciando cadere la giacca per terra.

Lo saluto a denti stretti e lui mi dà un buffetto. Come diavolo si permette? Digrigno i denti rabbiosa. «Scusa» si ritrae lui con aria di scherno. Ma subito riprende l'espressione serena e beata che gli ho visto per strada. E che mi fa venir voglia di assestargli un destro sul muso, oppure di piangere fino a sciogliermi in una pozzanghera di delusione.

Trascino Beo fuori di casa prima di fare una sceneggiata che neanche Ilde Napoli nei suoi peggiori momenti di prostrazione.

Scendiamo le scale.

Perché non mi vuole? Perché non gli piaccio? Cos'ho che non va? Penso alla bionda di ieri.

«Cos'hai da fare le smorfie?» chiede Beo saltando i gradini a due a due.

«Così» scrollo le spalle.

«Un giorno andiamo a villa Guzman» dice montando sulla bici. «Certe volte ci andavamo, anche col papà, a dare da mangiare alle anatre...».

Resto in silenzio e gli aggiusto il caschetto. Anche a me piace villa Guzman.

È un bosco vero, l'unico in città. Ci si arriva con la bicicletta o con due fermate di tram dal centro; ci sono alberi di trecento anni, collinette e prati all'inglese.

«Lo sai che tra poco è il mio compleanno?» mi dice Beo con uno sguardo felice e triste insieme.

«No, non lo sapevo, quando?».

«Il 20 maggio...».

Isa è morta poco prima che Beo compisse tre anni. Adesso capisco quegli occhi. Di nuovo sono senza parole.

Cercherò di organizzargli un compleanno indimenticabile. Farò del mio meglio, sì! Ma ho un nodo alla gola e la rabbia verso Riccardo è quasi un ricordo.

«Un bel giorno davvero per nascere!» e gli do un bacio.

C'è odore di fresco nell'aria, di vita che spunta, e il sole accarezza il vecchio glicine del cortile. Un uccellino canta sul ramo più alto dell'olmo.

Trascorriamo il pomeriggio fuori, desiderosi di aria e luce, due animali finalmente liberi di lasciare la gabbia.

Dopo cena gli faccio il bagno e lo metto a letto. «Domani

ti taglio le unghie dei piedi!» minaccio. È una cosa che odia, non riesce a credere che il mignolino non soffra, piccino e indifeso com'è. Mi aspetto che sollevi le consuete proteste, invece ha l'aria mogia, se ne sta zitto zitto.

«Non me la ricordo più…» dice piano tirandosi la vecchia coperta fin sotto il mento. «E se vado sulla *Luna* anch'io, la vedo e non la riconosco?».

Sospiro.

«Dimmi com'è. Tu la conosci?».

«Certo che sì!». Che altro potrei dire?

Sorride e mi si fa più vicino.

«Conosco le cose meravigliose che ha fatto».

«Cosa?» curioso.

Ci penso: Riccardo mi ha parlato del "tappeto volante" e dei posti magici dove lei lo portava. Allora racconto che Isa ha scalato il monte Fuji, in Giappone, ed è stata a To kai do, sul mare orientale, nell'isola di Iki.

«Davvero?».

«Sì…» ci prendo gusto. «Ci è stata in mongolfiera e ha sorvolato anche l'Africa. Ha visto gli elefanti e le giraffe. Poi la Cina e Taiwan dove ci sono un sacco di giochi».

Beo non sembra del tutto convinto, ma mi ascolta. Mi dà la manina.

«E poi?» sussurra. «Cosa le piace mangiare?».

Questa è facile.

«I formaggi, la pizza e il cioccolato…» invento io.

Beo non usa il passato, quando parla di Isa. A volte mi

chiedo se lo capisca fino in fondo che non la vedrà mai più, se l'abbia davvero lasciata andare.

«Chi ti ha detto della Luna?» gli chiedo accarezzandogli i capelli.

«L'ho capito da solo». E spiega che lassù ci sono anche i bambini prima di essere nella pancia. «Non possono cadere fuori, lo sai perché?».

«Cadere da dove?!».

«Dalla pancia. Non cadono perché hanno un lucchetto legato dentro, come la bici» tutto serio.

«Allora,» continua «ho capito che lei è sulla Luna. Lassù non fa mai buio e alla mamma non viene paura».

Oddio, Beo! Mi sento sciogliere dentro e una lacrima mi riga la guancia.

Rimane in silenzio per qualche secondo, poi riprende. «È vero che racconta storie fantastiche?».

«Sì».

«Tipo?».

«Storie dei supereroi... Tipo così».

«Io sono Superman».

«No, sei Nanolo...».

E scoppiamo a ridere, ma solo per ingoiare più in fretta le lacrime. «Adesso dormi!».

«Io però non me la ricordo lo stesso...» e sbadiglia.

Me ne torno a casa prendendo la strada più lunga. Passo davanti alla Tempus Fugit con le saracinesche abbassate e noto che nel salotto di Ettore la luce è accesa. Chissà cosa starà leggendo.

Tiro un sassolino contro le imposte, poi un altro. Finalmente Ettore spunta sul balcone.

«Ma che diamine!».

«Volevo solo farti un saluto».

«Sali» e mi apre il portone.

Sul divano un romanzo aperto a pagina 147. Sbircio il titolo *Come essere una brava moglie*, mmm... «Lo voglio leggere anch'io, me lo presti quando hai finito?».

«Con piacere. È molto bello».

La luce è soffusa, ogni cosa è linda e ordinata e nell'aria aleggia un aroma di detergente al limone. «Non ti facevo così!» commento stranita.

«Così come?».

«Ordinato!» sorrido io.

Sul tavolo c'è una bottiglia di birra con accanto un panino.

«Devi ancora cenare?».

«Sì, ma mi fa piacere un po' di compagnia».

Sparisce in cucina; poi ritorna, mi allunga una birra e si siede davanti al suo pasto.

Ci sono foto appese anche qui, come alla libreria: foto di famiglia, di viaggi, di Beo. Mi soffermo a studiarne una di una bambina con le trecce e le lentiggini.

Capisco che è Isa perché Bernardo è la sua fotocopia. Poi Riccardo ed Ettore da ragazzi, e in Grecia, davanti al Partenone.

Sembra che tutte le fotografie che Riccardo ha bandito da casa siano venute a rifugiarsi qui. Istanti di un tempo perduto di cui resta solo la polvere.

«Non c'è bisogno di fare quella faccia» dice notando il mio sguardo malinconico. «Mi fanno compagnia, non le trovo tristi…».

«Riccardo le ha fatte sparire tutte» non mi trattengo dal dire. E nel pronunciare il suo nome avverto una fitta dalle parti del cuore.

«Lo so. Riccardo è un adulto e ha diritto di affrontare il dolore come meglio crede. Ma per Beo è diverso». Annuisco senza interromperlo.

«Lui deve poter coltivare il ricordo. È importante che conservi il suo volto, i suoi gesti. Sapere che è da lì che viene. Se al male non rispondi col bene – amando più che puoi – allora il brutto vince davvero».

«È quello che sta accadendo a Riccardo…» farfuglio. «Il dolore gli scava dentro, e ogni volta che corre il rischio di dimenticarselo, fa in modo che lo riafferri più intenso e soffocante di prima».

«Già…» risponde lui.

Me ne vado.

La chiave nella toppa e sono a casa. Getto la borsa sul letto e mi tolgo la giacca. Dalla tasca spunta l'*Aladino* di questa mattina. Do un'occhiata agli annunci, così, per staccare la testa.

Solo per intenditori vendesi Torpado rossa del '72. Chiamare ore serali e chiedere di Paolo.

Rileggo, mi sembra impossibile. Sorrido. Mi affaccio alla finestra, ho voglia di guardare le stelle.

Ecco; da domani ci proverò anch'io a rendere questo il *migliore dei mondi possibili*. Quasi mi pare di sentirla la pacca sulla spalla del signor Leibniz che sorridendomi dice: «Ecco, vedi Doralice Incanto, com'è semplice? Basta mettere un po' della nostra felicità dentro la felicità di un altro».

9

La Torpado blu

Non mi è stato difficile trovare l'indirizzo di Giovanni Speranza: per quanto possa sembrare incredibile, vive ancora nella sua vecchia casa.

L'ho spiato per tre giorni di fila.

Ogni mattina esce verso le nove in sella alla sua bici da corsa, tutto fasciato in una tuta aderente nera. Porta gli occhiali da vista e quando torna, dopo circa un'ora, ha ampi aloni sudati sotto le ascelle e sull'ombelico.

Sabato scorso io e Beo siamo andati in treno fino a Verona per recuperare la bicicletta. Rossa, con la scritta "Torpado Cricket" sulla canna.

Quando Beo l'ha vista, pensava fosse per lui. «Ma è *becchia*...» ha mugugnato.

«Vecchia, Bernardo, si dice vecchia. Hai presente la lettera nella bottiglia che abbiamo trovato al parco? Sì, bravo, proprio quella. La bici è per lui – per quel bambino, cioè, per quell'ex bambino che la desidera tanto, ricordi? Ne abbiamo parlato anche con Gilda».

Mi ha guardato trionfante. «Ah, ho capito: la bici *becchia* è per il bambino *becchio*!».

«Appunto» e ci siamo scambiati un sorriso.

Una volta a casa, siamo andati in soffitta, dove ho scovato un bauletto con le ruote giallo e azzurro. L'ho pulito. «Ecco, *questo* è tuo!» porgendoglielo.

Ma lui ha storto il naso.

«Non lo vedi che è una Ferrari!» gli ho strizzato l'occhio.

Lui lo fissava poco convinto.

Allora mi ci sono seduta sopra facendo finta di guidare, spingendomi con i piedi.

Bene, da una settimana è diventata la sua Ferrari e in casa si muove solo con quella. La notte la lucchetta come fosse una bici perché ha paura che Awimma venga a rubargliela.

«Uno scemotto in Ferrari...» lo prendo in giro e lui mi fa la linguaccia.

Comunque abbiamo deciso di portare la Torpado da Gilda per dipingerla sul suo terrazzo condominiale: da rossa deve diventare blu.

Beo mi aiuta a caricarla nell'ascensore. Gilda ci aspetta sulla soglia come al solito. Sempre più spesso, ultimamente, si fa trovare in piedi, appoggiata allo stipite come un cowboy all'ingresso del saloon, un sorrisetto obliquo a darci il benvenuto. Odio quella sua vecchia carrozzina cigolante e davvero non capisco perché non se ne disfi dal momento che in realtà non ne ha affatto bisogno.

«È una bellissima giornata» esordisco.

«Sì, è vero».

«E come vede ho trovato la bici».

Beo mi interrompe. «Però è rossa!».

«Be', quel tipo dovrà accontentarsi» bofonchia Gilda.

«E invece no, perché ho comprato la vernice blu» riattacco «e mi stavo chiedendo se lei...».

«Io cosa?».

«Se volesse venire con noi su in terrazzo a dipingerla. Prima che ci dica di no,» proseguo di fronte alla sua espressione schifata «vorrei farle notare che il terrazzo è parte del condominio, e che di conseguenza il suo record in stile Norman di *Psycho* sarebbe salvo».

«Dài, dài dài!» fa il tifo Beo.

E, incredibile, Gilda sorride.

«No, gli spazi aperti mi fanno paura, ormai, ma grazie lo stesso».

Mi viene un'altra idea.

«Facciamo così: la parcheggio davanti alla porta del terrazzo. Nella sua carrozzina, così sta bella comoda e intanto si gode un po' d'aria e la vista. Che ne pensa?».

Venti minuti dopo siamo tutti sul tetto: la sottoscritta, Beo, la bici rossa e la befana in carrozzina. Che se ne sta tutta rigida, aggrappata ai braccioli come una cozza allo scoglio.

«Sembra una cozza...».

E si mette a ridere.

Sui fili per il bucato le lenzuola bianche si gonfiano, schioccano e fluttuano al venticello di aprile.

Mi incanto a guardarle.

Gilda è sul confine: mezza dentro e mezza fuori. Con gli occhi vivi, persi ad ammirare il cielo, vagabondi e un po' spauriti.

La Torpado è lì che aspetta.

«Hai preso la vernice giusta?» si informa Gilda.

«Sì, credo di sì!».

«Altrimenti si scrosta subito».

Le allungo la bomboletta, inforca gli occhiali e, dopo aver studiato l'etichetta per un tempo lunghissimo neanche fosse un trattato di Kant, sentenzia: «Può andare!».

Un istante dopo Beo le strappa la bomboletta di mano e si lancia in una danza convulsa. «Faccio io, faccio io! Sono bravo a colorare».

«Balli come una gallina» ride Gilda.

«Ah, sì?». Per ripicca le spruzza le ruote della carrozzina di blu. «Così hai anche tu la Torpado!» e scoppiamo a ridere.

«Sono stata in via Gramsci al numero 13».

«Davvero?».

«C'è il suo campanello: Giovanni Speranza».

Convinco Beo a lasciar fare a me (ma solo dopo avergli permesso di imbrattarsi le "mani e la faccia di blu"), e mezz'ora dopo la Torpado è bella e pronta. Sembra nuova, perfetta.

Mi fermo un istante a guardarli: Beo potrebbe essere mio figlio e Gilda mia nonna, due persone che conosco da poco eppure così importanti.

«Sarebbe bello andarci insieme, non crede?» butto là.

«A fare che?» divertita.

«A consegnare la bici al signor Speranza».

«Doralice che vuole salvare il mondo...» e scrolla il capo. Però sorride e intona *Volare* con voce un po' roca ma potente.

«*Nel blu dipinto di blu, felice di stare lassù*».

«Mi piace questa canzone!» esclama Beo.

«Sai cosa significa?».

Beo fa cenno di no.

«Che quella grande "coperta" azzurra che ci ripara e che la vedi solo se stai a naso in su è l'inizio e la fine di tutto».

Beo annuisce piano e alza gli occhi a scrutare il cielo. Si capisce che pensa alle sue cose, alla Luna, forse, che certe volte spunta fuori anche di giorno.

Tornando a casa ci fermiamo a prendere un gelato. Tra una leccata e l'altra Beo mi spiazza chiedendomi se Gilda è mia nonna. «Sì» rispondo d'impulso.

Già dal pianerottolo sentiamo un allegro vociare provenire dall'appartamento.

«C'è Sara!» grida Beo gettandosi sul campanello. Ester ci apre.

Un attimo dopo mi ritrovo di fronte l'Oca Giuliva.

Bionda, elegante, seduta sul divano a sorseggiare un bicchiere di bianco. Questa proprio non ci voleva. Che diavolo ci fa lei qui?

Riccardo le gira attorno visibilmente nervoso e quasi rovescia la gazzosa addosso alla piccola Sara, che a cinque anni e un metro e dieci di altezza sembra una di quelle Barbie miniaturizzate dei concorsi di bellezza americani: boccoli biondi fino alla vita e vestitino tutto balze e fiocchetti. *Bleah.*

La madre, devo dire, non è da meno. Tutta in tiro, manco fossimo a un matrimonio, labbra pneumatiche, occhi da gatta e, bisogna ammetterlo, tette da paura. Ma come fa una a essere magra come un chiodo e ad avere due robe così? Ci scommetto, vera *plastique* al 100%.

Visto che nessuno sembra in vena di convenevoli mi presento da sola.

«Claudia Liali, piacere!» e mi stringe la mano in una morsa d'acciaio.

Va bene, che la guerra abbia inizio.

I nani spariscono in camera a giocare, proprio adesso che avrei bisogno di avere Beo al mio fianco.

«Allora tu saresti la tata?» mi chiede in tono vagamente sprezzante.

«Proprio così». E tu, mi trattengo a stento dall'aggiungere, se non sbaglio sei Oca Giuliva?

«Che bel lavoro! Sempre in mezzo ai bambini; io pagherei per poter stare con i bambini tutto il giorno».

Sorrido (invece stai tra le Oche come te!).

Che odio.

Quando si alza per andare a versarsi dell'altro vino – ma Riccardo la precede e glielo serve con amorosa sollecitudine – vedo che è ancora più alta di come mi era sembrata per strada. Mi sa che le arrivo giusto sotto le… robe. Accidenti, sembro la figlia sfigata!

Per fortuna, il mio pensiero successivo è un grintoso *Ti spiezzo in due!*

«Be', ha una figlia anche lei, è fortunata!» le faccio notare.

«Amore…» mi apostrofa Oca Giuliva in tono condiscendente.

Amore a chi?

«Come sei dolce. Io lavoro tutto il giorno, sai, sempre tappata dentro il mio studio, oppure in giro per il mondo… Mentre tu, be', sei proprio una cara ragazza!».

È troppo, me ne vado. Qui con lei mi manca l'aria. Abbandono il campo, anche a costo di dargliela vinta… per il momento!

Prendo le mie cose e vado a salutare Beo. A Riccardo evidentemente non sfuggono il mio colorito da infartuata e il mio passo da cosacco imbufalito, perché si allontana da lei con uno «scusa un momento» e mi ferma in corridoio. Mi afferra il braccio proprio davanti alla stanza di Beo. «Doralice! Si può sapere cos'hai?».

«Niente» abbaio. «Non ho proprio niente, questo è il problema!». Riprendo fiato prima di continuare: «Quella di là, invece, ha l'ego di un capo di Stato e il silicone fin dentro il cervello!».

E a questo punto Riccardo che fa? Mi sorride, di quel sorriso dolcissimo da sciogliersi dentro, fossette e sguardo fondente stile precoito.

«Sei carina quando ti arrabbi...» e mi dà un buffetto.

Ancora con questi buffetti! Ma cosa diavolo mi rappresentano, linguaggio in codice per dire "guarda, sembri un bel tipo, ma sono un vedovo inconsolabile e comunque se proprio devo preferisco farmi quell'altra?".

Sempre più confusa, arrabbiata e paonazza, me ne vado sbattendo la porta senza salutare nessuno.

Torno a casa mia, finalmente.

La sera la città scala una marcia. È quasi insonorizzata, non ci sono le macchine in coda, lo scampanellio dei tram, il pigia-pigia dei passanti e quei diabolici tizi che a ogni angolo cercano di fermarti e di farti firmare qualcosa. Dio, se li odio. Di solito sei di fretta oppure hai i tuoi problemi a cui pensare e quelli si lanciano in una tiritera infernale che termina invariabilmente con la richiesta delle tue coordinate bancarie. Ma a me non mi beccano!

Una volta a casa, mi faccio una doccia, penso a quel disgraziato del padre di Beo e poi cerco di studiare un po'. Ma non ci riesco, la faccia di Riccardo, invitante e beffarda come la pubblicità della pizza quando muori di fame, è sempre davanti ai miei occhi.

A proposito, devo ancora cenare! Ingurgito due banane mentre aspetto che l'acqua bolla. Ho appena buttato la pasta – mezze rotelle e mezze farfalle, intese come gli insetti, – quand'ecco che squilla il telefono. È la mamma.

Mi racconta le solite cose, che è stanca, che papà è sempre lo stesso, che il famigerato lampione è rotto. Le faccio capire che non è serata e invento una relazione da consegnare per lunedì. Allora mi chiede come mi trovo dalle suore. Cado dalle nuvole. «Sì, sai, la scuola privata dove hai trovato lavoro».

«Tutto bene» deglutisco. Spacciare frottole ai miei dovrebbe servire a semplificarmi la vita.

Invece finisco sempre per incasinarmi, e il terrore di venire scoperta risulta persino più ansiogeno della loro disapprovazione. Meglio tagliar corto.

Sto per riagganciare quando lei cambia discorso.

«Hai trovato il vestito per il matrimonio, vero?».

«Ehmm, non ancora...» balbetto. La verità è che devo ancora cominciare a cercarlo. Diciamo che per me non è esattamente una priorità, tra Beo, Gilda, lo studio e il tempo che perdo a rodermi il fegato per quel disgraziato che se la fa con Miss Tette di marmo.

«Doralice, siamo già a metà aprile, tra un paio di mesi Anna si sposa e tu sarai testimone. Non vorrai farle fare brutta figura...».

«'Notte, mamma!» e questa volta riattacco senza darle il tempo di aggiungere altro.

Il pensiero del matrimonio di Anna mi si posa sul petto come un macigno. Di sicuro mamma vorrà sapere se conto di portarmi qualcuno, per esempio il giovane associato con cui ho raccontato di uscire. Il quale, ahimè, non esiste. No comment. Anna mi ha già spedito almeno dieci mail con le foto del suo vestito da ogni angolazione possibile.

Son lì che medito se valga la pena mangiare la pasta un po' scotta (meno le farfalline che mi auguro siano volate via) quando si odono i fatidici tre colpi di scopa: Ilde Napoli che mi chiama a rapporto.

«Tutto bene?» faccio non appena mi apre con una piva lunga così. «Che ti è successo?».

Mi racconta che tra un mese torna al paese, che Antonino segue brutte compagnie e non vuole salire, che la nonna è vecchia e non ce la fa più a tenerlo. Capisco che per lei è una sconfitta e così provo a dirle che almeno ritroverà Napoli, la sua Napoli e i figli, che le mancano tanto.

«Eh, Napoli è bella, sì, ma nel cuore. Infatti io me ne sono andata!».

Prima di congedarmi con un brindisi al limoncello e un abbraccio, mi allunga un fascio di posta. «Ancora un po' e cascava fuori dalla cassetta, ma dove ce l'hai la testa, guaglio'!?».

Salendo le scale piena di tristezza per l'imminente trasloco di Ilde, do un occhio distratto alla posta: pubblicità di intimo, pizza a domicilio, una bolletta e, in fondo al mazzo, una busta bianca.

La apro subito in preda a un terribile presentimento.

BlablablaSFRATTOblablabla.

Oddio, quella iena di Decibel mi butta fuori di casa! E ora? *Come faccio, adesso? Pascal!*

Aprile

Ti ho mai detto che un tempo ho vissuto a Parigi? Ci sono stata più di un anno, è lì che ho scritto *L'amour est pour deux* e ho conosciuto tuo padre.

Tuo padre recitava per diletto, gli veniva facile e non aveva di meglio da fare. Era ricco e annoiato, tanto vale che tu lo sappia.

Ma aveva un modo tutto suo di annoiarsi – con grazia, si potrebbe dire – e quando qualcosa o qualcuno lo incuriosiva sollevava il sopracciglio in un arco perfetto. La verità è che l'amore non te lo scegli, io tuo padre non l'avrei scelto di certo. Non era poi così intelligente, se ne infischiava della politica e la sua leggerezza, troppo spesso, sconfinava nella superficialità. Ti innamori sempre di chi non vorresti, di chi non fa per te. Lo detesti e ti innamori, era solo un amico e ti innamori, non è poi così intelligente e tu che fai? Ti innamori.

L'amore è come il primo di aprile, lo sai che presto o tardi arriva ma comunque non te lo aspetti.

Mi piaceva per davvero tuo padre, con quegli occhi scuri e i capelli folti da ragazzino. Sembrava sempre che non ti stesse a sentire. Al momento giusto, però, sapeva cosa dirti, e così ci sono cascata. Non me l'aspettavo. E mi ha preso alla sprovvista. Ti insegnano un sacco di cose inutili quando sei piccolo – che ad Alessandria si fanno i cappelli, che il tutolo è una parte della pannocchia, a fare le divisioni a tre cifre – ma a questo non ti preparano.

Mi è stato dietro due mesi, tuo padre, perché diffidavo di lui, delle sue sciarpe, del suo bell'aspetto e del suo profilo aristocratico. Non volevo cedere. Era sempre circondato da qualche sciocchina che sapeva come muovere i capelli per simulare un fascino che in realtà non possedeva, atteggiandosi e parlando con la giusta intonazione. Mi bastò intravedere sua madre una volta per capire tutto di lui. Chissà perché gli uomini finiscono sempre per sposare donne che sono le fotocopie delle madri, oppure il loro esatto contrario. Tua nonna, comunque, era un tipo di classe: cappotto cammello, capelli rossi e foulard di seta. Io, invece, ho avuto sempre un debole per le paillettes. Saranno pure volgari, ma intanto catturano la luce. Comunque tua nonna non mi amava per niente. Credo sognasse una sordomuta al fianco del suo prezioso figliolo. Non certo una come me, che adora le parolacce, e che quando si arrabbia dà filo da torcere a uno scaricatore di porto.

E poi è arrivata quella.

Un tipo qualunque, ma che sapeva quel che voleva e se l'è preso: tuo padre. Una bionda, figurati l'originalità. Una bionda che si è fatta sposare e così si è rubata *una delle mie vite possibili*. Una casa fuori città, tre figli e tuo padre, tuo padre tutti i giorni. Anche se poi, a ben vedere, lui non è mai stato veramente suo.

L'ho incontrata cinque volte per sbaglio, e non mi ha mai fatto pena.

Io e tuo padre siamo rimasti amanti. E perché dovrebbe importarmi averla fatta soffrire?

Io sono l'altra, così pensavo, e sospiravo di sollievo.

Da lei, tuo padre ha avuto tre maschi. E li ha amati.

Di sicuro la sera li metteva a letto e raccontava loro qualche bella storia; in questo era bravissimo, perché viveva su una nuvola. Ci avrà giocato a calcio e fatto la lotta, sarà andato alle loro recite di fine anno. Non sono mai stata gelosa di lei, ma dei figli sì. Perché tutte le maledette volte che mi parlava di loro io pensavo a te.

«Sai, Edoardo va a studiare a Londra» mi raccontava, senza curarsi di dissimulare l'orgoglio. Lo odiavo e pensavo a te. A dove potevi essere, se ti facevano sentire amato. Li conoscevo, i tuoi, certo che li conoscevo, ma ancora oggi mi tormentano i dubbi.

Ti baciavano ogni notte?

E quando piangevi?

E se tornavi con un brutto voto?

E tu, lo hai mai sospettato, di non essere loro?

Di appartenere a qualcun altro?
Ti hanno amato? Dimmi che ti hanno amato.
Perché all'inizio di tutto eri mio.
Ce l'hai scritto dentro, e non si cambia.

Gilda

10

Soltanto un trasloco

Non ci ho dormito tutta la notte.

Come diamine faccio? La lettera di sfratto di Decibel risale a due settimane fa, il che significa che non ho molto tempo per sgomberare. In pratica sono sotto un ponte: sotto un ponte e isterica. Nel frattempo, a peggiorare le cose, mia madre mi ha accreditato sul conto i soldi per il vestito da testimone: crede forse che non sia in grado di pagarmelo da sola? Infatti è così.

Per portarmi avanti faccio un salto in cortile a recuperare qualche scatolone. A parte libri, DVD e vestiti non ho granché da portar via.

Dopo un'ora trascorsa a smistare calzini spaiati, riporre la mia collezione di cartoline, matite e penne fucsia, mi accorgo che è tempo di uscire. Per scaricare un po' di tensione prendo la bici e pedalo fino a casa di Gilda. Ci metto quasi mezz'ora.

L'aria in faccia e neppure l'ombra di una soluzione.

Prima di suonare mi fermo al minimarket per farle un po' di spesa. Questa volta mi accoglie con un sorriso: almeno Gilda è di buon umore.

«Non noti niente?» mi stuzzica.

Scuoto la testa appoggiando le sporte sul tavolo.

«Avanti! Guardami bene».

D'un tratto capisco.

È in piedi, la carrozzina piegata e abbandonata in un angolo. «Sono due ore che non mi ci siedo!» annuncia trionfante.

«Vede che dopotutto non ce l'ha il sedere di piombo!» la prendo in giro. «Si muove più lenta di un bradipo, ma si muove da sola, ed è quello che conta».

«Come va con il Bastardo?».

Rispondo che è meglio cambiare argomento. Allora, piegando la testa di lato, mi studia per un istante e propone: «E se oggi ci guardassimo un film?».

«Credevo di dover stirare».

«Sono passati i tempi in cui mi cambiavo tre volte al giorno. Per stirare c'è tempo».

Ci guardiamo *Provaci ancora, Sam* sgranocchiando popcorn ancora caldi sedute sul divano. Gilda è felice, si vede dagli occhi.

«Doralice...» mi fa alla fine del primo tempo.

La guardo interrogativa.

«Che cosa ti piace?».

«Sarebbe a dire?» la scruto perplessa, non è proprio giornata per i giochetti.

«Cosa ti piace fare? Così, dimmi le prime cose che ti vengono in mente...».

«Be'...» esito qualche secondo «il caffè della mattina, ad esempio».

Lei annuisce. «Anche a me».

«E poi?».

«Poi?!». Faccio spallucce.

Risponde con una smorfia.

«D'accordo: l'odore dei vecchi libri, guardare e riguardare le mie serie televisive preferite...». E comincio a prenderci gusto, con il mento appoggiato al braccio e gli occhi chiusi. «... Il solletichio dell'acqua sotto i piedi, il sole di marzo, Humphrey Bogart, stare sotto le coperte quando piove. Spiare le persone mentre passeggio. Ecco, questo mi piace fare!».

Mi sorride raggiante. Sento che è un buon momento. È giunta l'ora di osare. «Se solo uscisse di qui, qualche volta, vedrebbe quanto di buono c'è ancora là fuori. Ma lo sa quanta gente pazzesca vive qui attorno?».

«No, dimmelo tu» come una bimba che vuole sentire una storia, guardare il mondo con i tuoi occhi.

«La Donna Cannone abita proprio di fronte, in un buco al piano terra. La mattina guarda i quiz televisivi con la tapparella alzata e la luce spenta. Ride a gola spiegata, il corpo incastrato in una poltrona un po' logora. Poi c'è un signore con la pipa e la barba che un giorno sì e un giorno no esce di casa alle 9.45 e cammina lento con la scarpa destra slacciata. E la donna del chioschetto di frutta e verdura che lustra i suoi limoni come gioielli e ogni tanto li annusa perché sanno di buono. L'autista dello scuolabus, un tipo alla mano, sempre allegro e tatuato, che pensa di piacere alle donne e fa il galante pure con me. Una badante dell'Est dalla faccia segnata che porta a spasso la sua treccia di capelli grigi e una vecchietta con le caviglie sottili e il cappotto bluette.

Vedrebbe il sole di aprile che arieggia la città di vita nuova; un centro anziani giusto qui sotto con i vecchi che giocano a carte, e il luccichio di un dente d'oro quando uno di loro ride di gusto. Il *nostro* Santiago con il motorino truccato che consegna gli involti di cibo piccante. E al mercato il lattaio che urla: "Il latte fa bene" e l'odore di pollo che dà l'acquolina».

Gilda mi ascolta rapita.

«Allora, si decide a uscire sì o no?» la incalzo. «Non mi dirà che intende continuare a restar chiusa qui, a far finta di essere già bella e morta?».

Gilda tace e sgranocchia i popcorn.

«Non potrei mai rinunciare...» riattacco in preda all'ispirazione «alle gocce di pioggia sul finestrino del treno o al fruscio che fanno le foglie quando il vento le spinge nel Breo».

Gilda mi guarda, forse pensando all'acqua del fiume e alle onde del mare, all'eco delle conchiglie e ai passi leggeri sulla sabbia.

«È solo un passo» insisto io. «Non stiamo mica parlando di un… trasloco».

E di colpo la precarietà della mia situazione mi ripiomba addosso come un macigno.

Passo da Ettore. Mi serve un altro libro per il dottorato, vorrà dire che userò una parte dei soldi destinati al famoso vestito. Tanto più che Gilda si è offerta di prestarmene uno dei suoi. Già mi vedo la scena: Anna virginale e romantica nel suo abito-meringa, papà che la scorta all'altare con l'alito greve e il passo malfermo e io, in prima fila, sfolgorante di paillettes rosso fuoco e piume di struzzo.

Trovo Ettore così eccitato che quasi non mi fa parlare. Salta fuori che sta organizzando un incontro sulla scrittura al femminile e che ha appena avuto un'idea clamorosa.

«Non sarebbe perfetto avere la Finzetta come ospite d'onore? Pensa che scoop: la tua amica che esce da un oblio ventennale per raccontarci in esclusiva la sua parabola di intellettuale in fuga dagli stereotipi editoriali e di genere! Il tutto qui alla Tempus Fugit, naturalmente» si esalta.

«Certo che sarebbe bello…» sospiro. «Ma non posso promettermi niente».

Pagato il mio libro di testo e salutato quel sognatore di Ettore, pedalo fino a casa di Beo col timore di trovarci anche lei, Miss Oca Giuliva alias Tette di marmo.

Ieri sera per farmi del male sono andata su internet a cercare notizie sul suo conto. È avvocato civilista di grido con studio a Milano e a New York (*anvedi!*). Sulla sua pagina Facebook – naturalmente accessibile a cani, porci e tate invidiose – un diluvio di foto di Shirley Temple (la figlia Sara, vittima innocente della sua passione per trine e fiocchetti), più una serie imbarazzante di selfie in stile Belen. Mamma santissima! La cosa peggiore è che temo proprio che le tette siano sue, altro che *plastique*! A meno che non le avesse rifatte già a quattordici anni, quando è stata maliziosamente ritratta in riva al mare, con paletta, ghiacciolo, e due bocce che a rigore ci vorrebbe il porto d'armi.

Ecco spiegato perché ho concluso la serata raschiando il fondo di un barile di Nutella.

Arrivata a casa Prao saluto Ester e il piccoletto. Per fortuna Claudia non c'è.

Beo ha un po' di tosse e il naso tappato, quindi di uscire non se ne parla. Tanto più che il tempo sta cambiando: stralci di nuvole minacciose, vento arrabbiato e, in lontananza, un nero bubbolio di temporale in avvicinamento.

«Guardiamo *B*eter *B*an?» mi fa lui.

«Prima soffiati il naso».

E lo rincorro per tutta la casa, fino a quando... vittoria!, lo schianto sul divano e glielo pulisco a forza. «Sììì!» esulto col fazzoletto in mano.

«Che cos'è tutto questo baccano?» a sorpresa Riccardo sbuca dal suo studio.

Non sapevo che fosse a casa. Sorride di fronte al mio sguardo stupito e un po' inebetito alla vista dei suoi pettorali sotto la maglietta attillata. Spiega che è rimasto a casa per prepararsi a un convegno.

Bello, Dio se è bello, ogni volta che lo guardo mi si accende in testa una luce celestiale, cori angelici mi risuonano nelle orecchie... ci manca solo che sbavi!

Ma poi mi ricordo di come mi ha trattata, della rabbia e del dolore che mi dà ripensarlo in compagnia di Oca Giuliva, mi riscuoto dal mio rapimento e lascio che a sbavare sia Gedeone.

Dignità, Doralice, la dignità innanzitutto!

Io e Beo ci spalmiamo sul divano. Oggi è giornata di cinema: doppio film e, ognuno nel suo genere, è un capolavoro! Vicini vicini, io gli massaggio la fronte. Beo sobbalza al primo tuono.

Ci fiondiamo alla finestra: il cielo è viola e blu, il vento scuote le cime degli alberi e i lampi esplodono a qualche chilometro di distanza. Gedeone cammina nervoso per tutto il salotto.

Incomincia a piovere.

Le ombre si accavallano, il vento strappa le foglie dai rami e alza le carte da terra. La gente corre sotto i portici e la città passa dalla frenesia alla paralisi. Sembra che il mondo stia per esplodere, il cielo è carico.

«Uno, due, tre». Beo conta i lampi pieno di paura. Al suo «quattro» salta la luce.

Restiamo al buio, stretti in un abbraccio divertito e trepidante, finché non arriva Riccardo con una torcia in mano.

Il fascio giallo ci investe in piena faccia.

«Fifoni» ridacchia.

«Dobbiamo scendere per riavviare il contatore, vieni con me, Doralice, così mi fai luce» mi dice. «Beo aspettaci qui seduto, sul divano…».

«Nooooo, ho *paura*!» urla lui dimenandosi come un'anguilla.

Dalla cucina, muovendosi a tentoni, Ester arriva in nostro soccorso. La luce è saltata in tutto il palazzo, e mentre, torcia alla mano, scendiamo le scale diretti in cantina, ne approfitto per attaccarmi a Riccardo. Una cosa è guardare lo spettacolo del temporale dal salotto di casa Prao, un'altra è infilarsi giù per una rampa umida alla ricerca del contatore condominiale. Ma a essere sincera, non è solo la paura del buio e dei topi che mi spinge ad afferrare il braccio di Riccardo.

Un tuono fa tremare i vetri dell'androne.

«Oddiooo!» sobbalzo, e non so come finisco tra le sue braccia.

Mi guarda e ricambia la mia stretta. La sua fronte si china sulla mia, sento il suo profumo e il respiro dentro all'orecchio. Fa scivolare le mani sui miei fianchi e io mi aggrappo al suo collo con l'urgenza di un naufrago in una tempesta.

E torna la luce.

Come a ricordargli che insieme siamo sbagliati. Riccardo si stacca da me, armeggia col contatore per controllare che tutto sia a posto. «Non dovremmo avere più problemi» dice infine, e mi regala un sorriso triste.

Ci guardiamo ancora per qualche istante. Lui si volta e io lo seguo senza parlare.

In ascensore mi mangio le unghie, attimi che mi sembrano secoli. Perché fa così? Non gli piaccio? Oppure gli piaccio? E se gli piaccio, perché fa di tutto per complicarmi la vita?

«Sei pensierosa?» fa lui come se niente fosse.

Annuisco, evitando il suo sguardo. Come vorrei riuscire a odiarlo!

«E perché?».

Mi immagino un mastodontico pugno calare dall'alto e stenderlo sul colpo. No, dico, sei scemo!? Mi chiedi perché? Ma non voglio fare la parte della bambina stracotta di lui, così stringo i denti e rispondo.

«Mi hanno sfrattato» subito mi pento di averlo detto.

«Accidenti, questo è un bel guaio!» fa lui torcendo le labbra in una smorfia soltanto sua. «E ce l'hai un posto dove stare?».

Certo, per questo sono preoccupata... *Genio che non sei altro!*

«Sì, credo, sì sì...» mento.

Non appena rientriamo in casa Beo ci tempesta di domande. «Perché è andata via la luce. Perché? Io ho paura del buio... è stato Awimma. Eh *scììì*!» conclude sicuro.

«Potresti stare qui, se ti va» mi spiazza Riccardo con un filo di voce non appena Beo sparisce in camera sua. «Volevo già chiedertelo da un po' di tempo, indipendentemente dai tuoi problemi. Sarebbe più facile per tutti e a Beo farebbe sicuramente piacere, e poi abbiamo due camere per gli ospiti...».

Non so, proprio non me lo aspettavo. D'altra parte non ho altre soluzioni, a meno di non tornarmene a Trovadì a guardare le acque del Breo scorrere dalla mattina alla sera.

«Staccheresti sempre alla stessa ora, così potresti studiare... se è questo che ti preoccupa».

«No, non è questo».

«Allora perché non accetti?».

A causa tua. C'è bisogno che te lo dica?

«Non ti sto mica proponendo di stare qui per tutta la vita!».

Grazie della precisazione, Mister Delicatezza!

«Consideralo un approdo a tempo indeterminato. Sarai tu a decidere se e quando cercare una soluzione diversa».

Be', non è certo il massimo del romanticismo ma è meglio di un pugno in un occhio.

Prendo un bel respiro e dico tutto d'un fiato: «Grazie, mi pare un'ottima idea».

Mi guarda tutto soddisfatto.

«Bene! Hai bisogno di una mano per portare qui la tua roba? Quando pensi di trasferirti?».

«Per me anche domani. Non preoccuparti, ho pochissime cose. Ma mi farebbe comodo prendere in prestito l'auto».

Tanto vale approfittare di tutto il pacchetto, dico io.

Mi consegna le chiavi della familiare. «Ti aspettiamo, Doralice». Sorride. È davvero contento che abbia accettato, si vede.

Forse solo perché Beo, in questo modo, sarà ancora più seguito o, peggio, per mero calcolo personale. Non lo so.

Prima di andarmene vado a raccontare la novità a Beo, che mi salta al collo fuori di sé dalla gioia.

«Allora faremo colazione insieme?».

«Tutte le mattine!».

«E saremo vicini di stanze? Staremo sempre insieme?» con gli occhi che brillano.

«Che bello!!!».

«Doralice...».

«Eh?!».

«Ti voglio più bene, ti *amoro*!».

«Oddio, Beo!» e lo bacio da togliergli il fiato.

Appena entrata in casa il *bip bip* del cellulare mi informa che ho ricevuto sei nuovi messaggi. Sono tutti di Anna, ansiosa di consultarmi sulla scelta degli accessori: velo o non velo? Tiara così oppure cosà? Oddio, e che è quella roba? Un diadema da principessa Disney che forse è di moda in Inghilterra, ma che dalle parti nostre non oserebbe nemmeno Jessica La Truzza.

Dato che non le rispondo, mi chiama.

«Allora che dici?» va subito al sodo.

Mi ficco due dita in gola. «Tutto bellissimo!».

«Hai visto il vestito? Nella variante panna, intendo. Ho

avuto un ripensamento su quel bianco ottico… troppo freddo, direi. Comunque è francese, di Annette Clerì. E con Annette Clerì non puoi sbagliare!».

E ancora *blablablablablabla* per venti minuti buoni. Quando provo a riagganciare mi informa che, siccome tergiversavo, ha scelto lei il mio vestito da testimone.

«Aspetta ti mando una foto… Ecco che arriva: arrivata?».

«Stu-pen-do!» mento io roteando gli occhi come l'esorcista.

Lungo, senza spalline, una cinta di raso che stringe la vita, e fino a qui sarebbe anche accettabile. Ma il colore?! Carta da zucchero… Cioè per un quaderno, va bene, una lampada, d'accordo. Ma un vestito?

«Sembrerai una principessa!» fa lei tutta eccitata.

Altro che!

«Vieni col professore?» affettando disinvoltura.

«Dove?» cado dalle nuvole.

«Al matrimonio, e dove sennò?!» si incavola lei.

Stare dietro a tutte le panzane che racconto alla mia famiglia sta diventando il mio terzo lavoro!

«Vedremo…» temporeggio vigliacca. Fingo un attacco di colite e riattacco precipitosamente.

11

Grazie!

È una settimana circa che ho traslocato: la mia stanza comunica con quella di Beo che, al mio arrivo, mi ha fatto trovare sul letto Trudi, un coniglio spelacchiato che ti toglie la paura e un disegno di me e lui insieme. Subito mi sono sentita a mio agio, felice della mia scelta. Quanto a Riccardo, per il momento l'ho solo intravisto per via dei turni massacranti in ospedale.

«Mancano quindici giorni al mio compleanno». Beo spalanca la porta e fa irruzione in camera mia.

Sbadiglio, insaccata nel pigiama a righe oversize, i capelli arruffati in stile gatto arrabbiato, gli occhi gonfi come un pugile suonato all'ultimo round.

I rintocchi del campanile mi informano che sono appena le sette.

«Non potevi dormire ancora un po'?» e nascondo la testa sotto il cuscino. Lui sgattaiola sotto la mia trapunta. «No!»

e mi schiocca un bacio bavoso. Per vendicarmi attacco con il solletico.

Un quarto d'ora dopo mi avvio in cucina lenta e stropicciata per trangugiare il primo caffè, Beo gettato in spalla come un sacco di patate.

«Buongiorno!» mi saluta Riccardo già vestito e docciato, rigirando il cucchiaino nella tazzina.

Ma accidentaccio, non lo vedo da quasi una settimana, proprio ora lo devo incontrare? Mentre indosso questo pigiama da carcerato, con ai piedi le ciabattone in spugna azzurre, i capelli che sparano da tutte le parti e il colorito di una mozzarella scaduta? Mi sono sempre chiesta se sia possibile apparire sensuali di prima mattina, non nei film di Hollywood o nella pubblicità del deodorante – dove lei è sempre radiosa, capelli fluenti e carnagione dorata – ma nella vita reale. Be', non credo, almeno non nel mio caso, e di certo non questa mattina – a giudicare dallo sguardo tra il divertito e lo sgomento che Riccardo mi fa scivolare addosso.

«Scappo» e dà un bacio a Beo. «Stasera saremo in cinque a cena» annuncia, afferrando la borsa e la giacca.

«Viene Sara?» s'informa Beo.

«Sì!» e in un attimo è sul pianerottolo, il *clic* della porta che si chiude alle sue spalle.

Io rimango con la tazza calda in mano. Interdetta. Sara significa Claudia. Ma cosa ho fatto di male per ritrovarmela sempre tra i piedi?

Poco dopo, vestita e lavata e quasi presentabile, rammento a Beo il programma della giornata. «Ti vengo a prendere a scuola, così andiamo da Gilda per pranzo. Ti ricordi del nostro piano, vero?». Annuisce convinto.

E s'infila la maglia di *Pocoyo*.

Non appena Beo sparisce oltre il cancello tra la folla dei suoi compagni, decido di concedermi una mattinata di coccole e shopping. Dopotutto ho ancora sul conto i soldi che la mamma mi aveva mandato per il vestito del matrimonio.

Per prima cosa mi infilo da Gegè, in piazza delle Erbe, per una piega al volo. «Oh, bambina, che hai fatto a questi poveretti, li hai usati per pulire per terra?» mi sgrida Gegè sciogliendomi la coda ispida come una scopa di saggina.

Donne sedute col casco in testa, bigodini, bombolette di lacca, phon a tutto spiano, e l'odore penetrante dell'ammoniaca.

Esco «con una testa nuova» secondo Gegè, e in effetti mi vedo più carina anch'io. Punto dritta su Zara e in vetrina lo noto immediatamente: un vestito lungo e nero, piuttosto scollato, che fa sembrare sexy perfino il manichino di plastica bianca. Entro, lo provo, e mezz'ora dopo sono davanti a scuola di Beo con il sole in faccia e il sacchetto in mano. Adoro questo periodo dell'anno. La giornata è troppo perfetta per prendere i mezzi: l'aria è dolcissima e le rondini volteggiano in cielo. Convinco Beo a passare da casa ad agguantare le bici, e poi via, pedalando fino a casa di Gilda.

Appena prima del suo palazzo, mi fermo a osservare il centro anziani. "Giovani di un tempo" recita l'insegna un po' arrugginita.

«Entriamo un istante, Beo, che ne dici?».

«E se un vecchio mi ruba la bicicletta?».

«Ma va là, metti il lucchetto, è questione di un attimo».

Ci accoglie una signora dai penetranti occhi celesti. «Le serve aiuto?» chiede gentile.

«Be', ecco, è per mia... nonna!» improvviso.

Intanto Beo se ne sta con la faccia spiaccicata sul vetro a controllare che nessuno gli tocchi la bici. Entra un vecchio che col bastone la urta.

E Beo lo fulmina con lo sguardo.

Il vecchio sorride. «Scusa, amico. Ci tieni molto al tuo bolide, vero? Come vedi non ha riportato danni. Ma per farmi perdonare sono disposto a offrirti una di queste» e gli porge una scatolina di alluminio.

Beo la annusa sospettoso. «Ai piccoli non piace la *Liquifrizza*» sentenzia afferrandone comunque una generosa manciata.

«Lo scusi, la prego. Io sono Doralice, e il piccolo selvaggio si chiama Bernardo, Beo per gli amici».

«Ottavio» la sua mano avvolge la mia in una stretta forte, sicura. «Ottavio Pregadio. Piacere di conoscervi entrambi, Doralice e Bernardo-Beo-per-gli-amici. Non mi pare di avervi visto da queste parti prima d'ora. Vivete nel quartiere?».

«Io vivo a casa mia» replica Beo nel tono vagamente annoiato che si addice a una lampante ovvietà.

«Capisco. Be', tornate a trovarci quando volete. Ora scusate, ma mi aspetta un doppio a ping-pong. E mi raccomando, campione, vacci piano con la Liquifrizza. È roba piuttosto forte» gli stizza l'occhio e se ne va.

Simpatico questo Ottavio! Lo guardo mentre si allontana fischiettando, ringrazio la signora con gli occhi celesti, infilo il modulo in borsa e usciamo in strada.

«Mi raccomando, Beo. Al mio segnale sai cosa fare».

La nostra missione consiste nel convincere Gilda a uscire di casa, magari addirittura trascinarla con noi al parco.

«Ma Gilda perché non esce mai? Ha forse paura di Awimma?» mi chiede mentre saliamo le scale.

«In un certo senso...».

«Io non sono un fifone!».

«No, Beo, certo che no!».

«Infatti, guarda, c'ho anche il mantello!».

«Infatti» sorrido.

Gilda ci sta facendo la pasta con il ragù, sa che Beo l'adora. La troviamo in piedi, intenta a zampettare tra tavolo e fornelli con le sue gambette magre. Dài che forse oggi è la volta buona!

Le tapparelle sono abbassate a metà e le luci accese.

«Con tutto il sole che c'è, è un peccato impedirgli di entrare» azzardo io.

«Se nevicasse apriresti forse per goderti il freddo? Sono solo punti di vista» risponde Gilda scolando gli spaghetti. Mangiamo di gusto, chiacchierando fitto. Soprattutto Beo, che, spazzolato anche il bis, si lancia in un dettagliato racconto delle proprietà del suo mantello da supereroe. Mentre Gilda prepara il caffè, lui si avvicina quatto quatto e mi bisbiglia all'orecchio: «È ora?».

«No, ancora no. Ti faccio cenno io» rispondo in tono cospiratorio. Il cenno concordato è lo stesso della *Stangata*, una fugace toccatina di naso.

Mentre sorseggio il caffè e Beo costruisce castelli di carte (o almeno ci prova), sorprendo Gilda a fissarci con espressione assorta. Ha negli occhi una luce, una luce come se fossimo *suoi*.

Allora decido che è giunto il momento di agire. Mi schiarisco la voce e mi tocco la punta del naso come per scacciare un prurito improvviso. Subito Beo ripone le carte, si lascia scivolare per terra e sbuffando punta al soffitto uno sguardo vitreo e svuotato.

«Che hai Beo, non ti senti bene?» lo imbecco con voce flautata.

«Nooo» risponde lui svogliato. «È che mi annoio. E quando mi annoio divento... scarico. Sai, no, come Superman quando pensa a sua mamma sul pianeta Krypton...». Annuisco, benché la mamma di Superman mi abbia completamente spiazzato. La nostra piccola recita mi è sfuggita di mano: a quanto pare Beo ha deciso di improvvisare. E adesso sembra quasi che sia triste sul serio. O forse è solo eccesso di immedesimazione, genere Marlon Brando sul set di *Apocalypse Now*.

«Ci sarebbe un modo per fargli tornare il sorriso...» tiro dritto puntando lo sguardo su Gilda. «Se accettasse di venire al parco con noi, lo farebbe felice!».

Ci sta riflettendo, si vede; due passi lenti verso la camera e due passi indietro. E ancora a rimuginarci.

Io guardo Beo e di nuovo mi tocco il naso. Lui parte con l'artiglieria pesante: «An-dia-mo-al-par-co, an-dia-mo-al-par-co, an-dia-mo-al-par-co!» cantilena instancabile.

«Gilda, non devi avere paura di Awimma! Io ho il mantello!» la rassicura facendoselo roteare attorno. «Lo vedi, no, che con il mio mantello ti senti già meglio?». Lei gli dà un bacio e lo stringe forte.

Sparisce in camera sua per qualche minuto, poi torna con una giacca rossa in mano.

«Allora, che fate lì impalati?».

Salto su come una molla dalla poltrona.

«Evvai!» esulta Beo.

«Portiamo la carrozzina?» chiede Gilda, a un tratto, come impaurita.

«Ci sono io! Andiamo qui sotto; non le serve, mi creda!».

E scendiamo al piano terra. «Terra!» la parola che i marinai pronunciano dopo un lungo viaggio, un sogno, la meta. Un viaggio lungo vent'anni, nel caso di Gilda. Le stringo forte la mano, lei ricambia la stretta. Con gli occhi chiusi e le dita fredde.

«Su, apra gli occhi!» faccio io appena fuori, nel cortile, mentre Beo già scampanella in sella alla sua bicicletta. «Guardami, guardami» e le sfreccia accanto.

La osservo e mi viene in mente la scena di un documentario visto in TV di recente: il lento risveglio degli orsi dopo il letargo. Con il muso buffo e le zampe sugli occhi a scacciare la luce del sole e l'aria fresca che solletica i grossi nasoni scuri. Gilda è uguale. Ospite del mondo come per la prima volta. Si aggrappa al tronco del pesco che cresce nell'aiuola centrale, reprime l'istinto di fuga. Gli occhi sotto le lenti scure guizzano di puro terrore. Il sole sulle sue mani grinzose è quasi un prurito.

Ma poi si arrende alla bellezza, con le dita sfiora il tronco del pesco, alza la testa per godersela tutta quell'aria che fa svolazzare le cose. È la cosa più naturale del mondo: una creatura al risveglio. Io e Beo le saltelliamo attorno felici mentre lei rimane in silenzio.

Nel parchetto di fronte, a pochi metri da noi, ci sono due altalene: le vedo ogni giorno venendo qui. Con Beo che corre avanti e Gilda attaccata al mio braccio le raggiungiamo.

Gilda si siede a guardare Beo che vola in alto, sempre più in alto.

L'abbraccio da dietro mentre le rondini ci svolazzano sopra la testa, scambiandosi il loro richiamo inconfondibile. Gilda alza ancora lo sguardo e le osserva rincorrersi in cielo.

«Vorrei tanto volare anch'io...» mormora con voce sognante. «Ho sempre desiderato nascere uccello e poter volare. Ecco tutto!».

Il tempo ci incornicia: è uno di quei momenti perfetti che dura solo il tempo di andarsene, di quelli che terremo per sempre con noi: Beo, Gilda e io.

«Per quello che vale, grazie. Nessuno ha mai fatto tanto per me» mi stringe la mano con gli occhi lucidi.

Io non mi trattengo: l'abbraccio forte, la stringo. «Oh, Gilda, grazie di cosa...».

Rientrando a casa passiamo davanti al Giovani di un tempo. Lì fuori è seduto il signor Pregadio, a fumarsi un sigaro con espressione beata.

«Buonasera, Ottavio!» lo saluto.

«Ciao... To', guarda, c'è anche il mio amico ciclista!».

E Beo si nasconde dietro alle mie gambe. Che cosa avrà mai contro questo anziano e simpatico dispensatore di allegria e Liquifrizza?

«È la tua nonna?» riferendosi a Gilda.

«*Sciìì...*» risponde Beo agitando il mantello.

«Gran bella signora» commenta Ottavio e con gesto cerimonioso si toglie il cappello. Mentre esterrefatta osservo Gilda arrossire, Beo sibila un «ciao» e ci trascina verso il portone.

A pomeriggio inoltrato torniamo a casa, carichi e felici dopo le ore passate all'aperto insieme a Gilda. «Gli ospiti arriveranno per le sette» annuncia Ester dalla cucina che emana un delizioso profumino d'arrosto. Poi accompagna Beo a fare una doccia. Poco dopo è il mio turno di infilarmi sotto il getto caldo. Vapore in faccia, occhi chiusi e la stanchezza che scivola via come un mantello pesante.

Prima di pensare a vestirmi mi asciugo per bene e mi spalmo la crema delle grandi occasioni. Anna sostiene che i maschi, tutti i maschi senza eccezioni, impazziscono per la crema corpo alla vaniglia. Non chiedetemi cosa possa saperne lei di maschi che non sono Gregorio! Ma un po' di fascino in più stasera non guasta, soprattutto con quella smorfiosa di Claudia in circolazione. E quindi giù crema; alla fine ne faccio fuori quasi mezzo barattolo.

Stretta nell'accappatoio degli ospiti mi chiudo in stanza e tiro fuori il mio vestito nuovo. Ci scivolo dentro, litigo un po' con la zip, e infine raccolgo i capelli in una treccia pesante che scende fin sulle spalle, lucida e nera come un'anguilla. Cardigan cipria, qualche bracciale, un paio di anfibi per sdrammatizzare e sono pronta. Manca solo un filo di rimmel e una passata di lucidalabbra. Stasera mi piaccio, e si vede.

Intanto mi arriva un messaggio sul cellulare. È di Armando, il cugino di Santiago: sarà la terza volta che mi invita a uscire. Dalla stanza accanto Ester mi chiama, sono quasi le sette e Beo non è ancora vestito. «Ci penso io» la rassicuro pronta.

«Che bella che sei!» mi annusa Beo estasiato. «Ti *scposo*! Mi metto la *crabatta* e mi vesto da marito!» e scrolla il ciuffo ancora un po' umido dopo la doccia.

Mi informa che non vuole il pullover di Elmo (non fa abbastanza marito!) e decide per uno blu a righe rosse.

«Ti piace Sara?» gli chiedo, incapace di trattenermi.

«No, dice troppe parolacce...».

«Tipo?!» indago.

«Stlonzo, puzzi di cacca e culo... Anche mamma maiala!» serissimo.

Mi pizzico la coscia per non scoppiargli a ridere in faccia.

Riccardo arriva un po' prima del solito. «Che carino che sei stasera!» dice a Beo con una voce che è una carezza. Rai YoYo è accesa e il nano corre a guardarsi una puntata di *Shaun. Vita da pecora*, subito imitato da Gedeone.

Adesso gli occhi di Riccardo sono tutti per me. «Sei bella...» mi sfiora il collo scostando un ciuffo di capelli e mi dà un bacio sulla guancia.

Neanche a dirlo, Claudia sceglie quel preciso istante per attaccarsi al citofono.

Pochi minuti ed eccola fare il suo ingresso nell'appartamento, fasciata in un succinto tubino rosso, le labbra tumide generosamente spalmate di un rossetto dello stesso colore. Porta i capelli legati in uno chignon e ha le spalle coperte da un impalpabile golfino scuro.

È maledettamente bella.

Saluta Riccardo con un languido bacio sulla guancia. «E tu che ci fai qui?» mi chiede interdetta. Sua figlia mi fa un mezzo inchino e sparisce nella stanza di Beo.

«Ci abito!» rispondo con un sorrisetto di quelli da donna

a donna, in codice. Sopracciglia aggrottate e l'espressione schifata di chi ha appena addentato un limone.

«Non me l'avevi detto...» rivolgendosi a Riccardo.

Io non ci capisco un'acca: ma questi due stanno insieme? Lui è cotto di Miss Oca Giuliva? Oppure gli piaccio io? È affetto da schizofrenia acuta? Personalità multiple? Demenza precoce? Insomma, che accidenti di problema ha?

Ester ci serve l'aperitivo, e, tra un'oliva e l'altra, Claudia mi guarda con quella sua aria da pitonessa affamata. È chiaro che sta studiando il nemico. Mi rivolge qualche domanda alla quale rispondo a monosillabi. Quando però commette l'errore di chiedermi se sono diplomata, decido di dimostrarle con chi ha a che fare. Metto su un'arietta saccente da intellettuale e sciorino il mio *cursus honorum* fatto di lauree, dottorato e pubblicazioni a palate. Mi faccio antipatia da sola, ma, sapete come si dice: quando il gioco si fa duro...

«Che brava!» commenta Claudia a denti stretti. Poi, rivolta a Riccardo: «Ti sei preso una tata senza esperienza? E come ti trovi?».

La fulmino con lo sguardo.

«Benissimo. Beo l'adora e in ogni caso Doralice ha ottime referenze. Me l'ha presentata un amico carissimo» risponde lui serafico.

«Be', com'è che adesso vivi qui?» insiste Oca Giuliva.

«È stata un'idea mia» sorride Riccardo. «Ester non ce la faceva a stare dietro a tutto. Sono contento di avere trovato qualcun altro su cui contare».

Claudia si lascia sfuggire un grugnito e Riccardo si alza per portare la bottiglia vuota in cucina.

Lei mi fissa, accavalla le lunghe gambe. Sento che ha deciso di cambiare tattica. Infatti quando attacca a parlare il tono è sommesso, confidenziale.

«Sono proprio fortunata...» mi fa. «Non è facile oggigiorno trovare un uomo come lui!».

Io sono senza parole: *sbang*, tramortita. Quindi sono una coppia?! Per tutta la cena mi concentro solo su Beo e Sara, mentre Claudia alterna le smancerie rivolte al padrone di casa alle inutili frecciatine nei miei confronti. Che serata infernale! Quando finalmente Beo e Sara vanno a giocare e ci spostiamo in salotto per un amaro, lei ne approfitta per appoggiare la testa sulla spalla di quello che, a quanto pare, è a tutti gli effetti il suo fidanzato.

«Tra qualche settimana dovrò partire per New York. Ci rimarrò due settimane».

«Bello!» fa lui.

«Già, bello» sottolineo, immaginandola dall'altra parte del mondo, lontana, molto lontana da questa casa e da tutti coloro che vi abitano.

«Perché non vieni con me?» chiede d'un tratto a Riccardo. «Tanto c'è Doralice con Beo...» e mi scocca un sorriso da squalo bianco.

Ti spiezzo, capito?!

Riccardo non si sbilancia.

«Dài, non sarebbe fantastico? Lavorerò il meno possibile e

il resto del tempo faremo i turisti». Solleva la testa e posa la mano dalle unghie smaltate sulla coscia di lui.

«Be', non è detto che possa assentarmi, sai, il reparto è sotto-staffato... Però, sì, ci penserò. Sono anni che non mi prendo una vera vacanza».

Dalla stanza di Beo giungono grida e strepiti che neanche un maiale al macello. «Doralice, per favore, vai a dare un'occhiata ai bambini» mi istruisce Claudia, più odiosa che mai.

Mi allontano pestando i piedi, non senza uno sguardo furioso a Riccardo – che risponde con un mezzo sorriso contrito.

Dopo aver riportato la pace tra Beo e Sara, mi chiudo in stanza un istante a raccogliere le forze e i pensieri. Sono pronta per tornare di là quando Riccardo mi raggiunge in corridoio.

Mi si avvicina piegando il viso da un lato e sorridendo scherzoso. «Sei arrabbiata?!» con il solito tono.

«No. Solo stanca. E poi devo studiare. Saluto Ester e mi chiudo in camera mia». Faccio per proseguire verso la cucina. «Con permesso».

Lui non si muove di un passo.

«Sei ancora più bella quando ti arrabbi».

E mi bacia, la schiena schiacciata al muro. Mi bacia la bocca... Poi giù, fino al collo, le sue mani mi stringono i fianchi.

Mi divincolo dalla sua presa. «Così no, così non mi piace».

«Cosa c'è che non va? Credevo che anche tu lo volessi!».

«Stai con quella?» gli chiedo brusca.

«No, io non sto con nessuno».

«Ecco, appunto!» lo allontano con stizza.

Se ne sta lì impalato con l'aria colpevole mentre gli chiudo in faccia la porta della mia camera.

Una volta sola mi lascio scivolare a terra, abbasso la testa e provo a non piangere. Non ci sto a farmi trattare così! Se gli interesso davvero dovrà dimostrarmelo. Non sono una cosa sua. Ecco.

Mi piacciono i rapporti esclusivi, chiari, dove uno più uno fa due. Sono già stata con uno che mi tradiva e non voglio fare due volte lo stesso errore. Anche se lui, Riccardo, è diverso. Ha gli occhi buoni, lo sguardo sincero. Allora perché si comporta così con me? Perché mi confonde stando al gioco di Claudia? Sembra quasi che abbia paura di fare sul serio.

Passo la mano sugli occhi impiastricciati di rimmel e vado in bagno a sciacquarmi la faccia.

Gettati ai miei piedi, dimmi che mi ami, che vuoi me e me soltanto!

Mi sciolgo la treccia e apro la porta del bagno.

«Sai che c'è...» lo sento esclamare allegro. «Ho deciso, mi prendo un po' di ferie e vengo con te a New York!».

«Sei meraviglioso!» trilla lei battendo le mani come una bambina fuori tempo massimo.

Non voglio sentire altro. Corro di nuovo a chiudermi in camera.

Avverto qualcosa gonfiarsi nel petto e montare come un'onda, dolore fisico, senso di oppressione. Angoscia pura: sono impotente e senza paracadute. La creatura più stupida, più indifesa e fragile al mondo. Mi prenderei a schiaffi!

Ha ragione Gilda, a Riccardo non frega nulla di me, né di nessun'altra. È solo uno che non ha più niente da perdere. Un disperato come tanti, un bluff.

Aspetto che Claudia e Sara vadano via, poi scivolo nella stanza di Beo.

«E se venissimo a nanna con te? Il mio coniglio stasera ha malinconia» propongo con un filo di voce.

«*Scììì!*» e più felice di lui non c'è nessuno.

Maggio

Oggi ho in testa il Natale, chissà perché. Forse per colpa della ghirlanda decrepita dell'anno scorso che dalla specchiera sembra guardarmi con compassione.

Quando ero piccola lo festeggiavamo come si deve: c'erano la tavola con la tovaglia rossa, le candele, i tortelloni di zucca e il cappone. Per dolce la mamma faceva una torta speziata piena di mandorle.

I Natali più belli li abbiamo passati nella casa in via Zamboni, a Bologna, dai parenti di papà. Fino al 1937. Quello è stato l'ultimo anno, non potrei mai dimenticarlo, perché quell'anno feci il giro in mongolfiera.

Cominciavamo tre giorni prima a fare i tortelloni: la mamma stendeva la pasta, noi spalmavamo il ripieno.

Non era un tipo facile mia mamma, aveva visto troppe cose brutte per riuscire a cogliere il buono delle persone. Era evidente che tra lei e papà l'amore, ammesso che ci fosse mai stato, si era esaurito da un pezzo. D'altra parte non ho mai conosciuto coppie completamente felici, è il fatto stesso dell'essere in due. Ognuno pretende qualcosa dall'altro senza esser disposto a dare nulla in cambio. Io non ho mai regalato niente a nessuno, e non riesco a decidere se questa sia stata la mia salvezza o la mia dannazione. Ho avuto il mio uomo da pensare, ed è durata a lungo. Ma se l'avessi visto ogni sera per cena credo che avrei finito per avvelenarlo.

Poi per amare devi essere puro, altrimenti stai solo cercando di sentirti amato. E mia mamma non era pura abbastanza.

Mi raccontava che quando era piccola, a casa sua si cantava di gioia e che quando i gelsomini fiorivano, le sue colline erano ancora più belle.

«Tuo nonno era un professore, sapeva un sacco di cose. Conosceva a memoria le montagne dell'Anatolia e la sera ci raccontava le leggende del monte Mussa Dagh».

La casa di mia mamma era circondata dai gelsomini e solleticata dalle colline che facevano capolino dalle finestre, dolci e rotonde come nelle fiabe.

Aria pulita e cielo terso, un mondo magico, il suo.

La sua vita è stata segnata dal bello e dal brutto. Solo che il brutto è stato così forte da corrodere il resto.

Mia madre non era cattiva, ma era morta dentro.

«Hai il cuore duro e vuoto» diceva spesso. «Come le zucche...».

E forse aveva ragione.

«Se ci fosse tuo nonno, come si dispererebbe a vederti venir su cattiva come la gramigna».

Ma il nonno era morto a Yerevan.

In via Zamboni, invece, la famiglia del papà viveva in un appartamento grande, con tanta luce e i soffitti alti. Lui commerciava in antiquariato e per questo viaggiava tantissimo. Era alto, magro e quando usciva portava sempre un cappello grigio con la giacca dello stesso colore. Ci teneva ed era un bell'uomo. Anche la mamma era bella, ma non le importava e faceva di tutto per non dare nell'occhio.

Mia sorella maggiore, Paola, le assomigliava e aveva gli occhi dolci. Non andavamo molto d'accordo, neanche da bambine. Preferivo la compagnia di Caterina, la più piccola. Tutto questo fino al '37. Poi è successo quel che è successo e anche i ricordi sono diventati "antiquariato", suppellettili impolverate da accarezzare ogni tanto. Ma quegli ultimi veri Natali scintillano nella mia memoria come una lama che mi trafigge sempre più a fondo. Riecheggiano lontani come l'eco di qualcosa che non può tornare. È come vedere un bel film di cui conosci la fine e ogni volta provare a riavvolgerlo, sperando che il finale cambi.

Mi rivedo in sella alla bici dietro al papà.

La polvere smossa dalla sua ruota posteriore mentre filiamo verso la piazza, impazienti di raggiungere la mongolfiera. Era il 24 dicembre del 1937 e il cielo era terso. Se chiudo gli occhi me la sento dentro, quell'aria.

Dall'alto della mongolfiera vedevo ogni cosa. Su fino alla cima del mondo, col vento che mi trapassava da parte a parte. Piccolo il duomo, la cattedrale, piccola l'intera città.

Mai come in quei momenti ogni cosa mi è parsa tanto chiara e semplice. Respiravo quell'aria ed ero felice.

Era lì, tutto in un soffio, l'infinito.

Gilda

12

Il canto dell'usignolo

Io e Riccardo non ci parliamo da una settimana. Musi lunghi e sguardi torvi. Adesso mi pesa vivere qui e se non fosse per il piccoletto me ne andrei di sicuro! Gilda mi ha offerto il suo divano, ma al pensiero di Beo che ogni mattina viene a cercarmi caldo di sonno e mi sorride con quella faccia da elfo di accettare non me la sono proprio sentita.

Con il Bastardo invece faccio finta di niente. Per me Oca Giuliva se lo può anche tenere! Non ne vale la pena. Penso che debba farsi vedere da uno bravo, se vuole sperare prima o poi di avere una relazione normale, altrimenti sarà solo aria fritta e fiato sprecato per chiunque si incaponisca a restargli accanto.

Come se non bastasse, il 25 giugno si sposa Anna e, sebbene quel giorno sia sabato, Mister Simpatia è di turno in ospedale. Morale della favola: devo portare Beo al matrimonio con me e non ho la minima idea di che scusa inventarmi per giustificare la sua presenza. Di sicuro non posso spacciarlo per il mio fidanzato.

Accidenti se sono messa male! Certo è che se le cose non cambiano presto dovrò traslocare, possibilmente su un altro pianeta, magari ostile alla vita, ma meno incline a infierire sulla sottoscritta.

Per distrarmi da questi pensieri, preparo la colazione e intanto canto *Alfonso* a gola spiegata. Ho una fissa per questa canzone negli ultimi tempi: mi mette di buon umore e mi ci immedesimo, e poi Levante mi assomiglia fisicamente. Anche Beo l'ha notato. Tuttavia, ho capito che non è un testo adatto a lui che ne ripete senza preavviso dei brani. Quelli con le parolacce, ovviamente.

«*Che vita di merdaaaaa* (aaaaaa), *stlonzo tanti auguri ma non ti conosco!*» ha intonato ieri sera aprendo la porta a Riccardo che ci ha guardato stranito.

«Non so proprio dove senta certe sconcezze!» ho allargato le braccia fingendo stupore.

Comunque, dopo aver lasciato Beo davanti a scuola faccio un salto da Ettore: lo sto aiutando a organizzare il seminario.

«Forse ce la farò a convincere la Finzetta!» azzardo fiduciosa.

«Allora gliel'hai chiesto?» mi fa lui.

«Sì, ha detto che ci pensa».

Intanto con Gilda abbiamo fatto grandi progressi: quasi

ogni pomeriggio scendiamo al parchetto davanti a casa e se non c'è Bernardo con noi, ci portiamo da leggere. Ascoltiamo musica con il mio iPhone e chiacchieriamo; è bello vederla così!

Ieri pomeriggio, poi, Gilda mi ha accolto con un sorriso speciale. «Ho una sorpresa per te!».

Sul tavolo c'erano i tacos di Santiago, il DVD di *Harry ti presento Sally*, almeno quattro buste di marshmallow e sei tavolette di cioccolata.

«Sono forse in paradiso?» ho strabuzzato gli occhi incredula.

«Si festeggia!» ha ribattuto lei.

«Dunque, visto che negli ultimi tempi mi hai sconvolto la vita che neppure l'uragano Katrina...».

«Gilda?!» protesto offesa.

«Fammi finire, dicevo... Cosa dicevo? Ah, sì, Katrina. Ti voglio fare un regalo!».

«Cosa?!».

«Ti spedisco a rifarti le tette! In Marocco. Tutto a mie spese!» sghignazzando da slogarsi la mascella.

«Grrrr...» la guardo imbufalita.

«Ah ah, dovresti vedere la tua faccia in questo momento. Da quando non sai stare agli scherzi?». Ritorna seria. «Ti ho scritto un biglietto... Prometti che lo leggerai una volta a casa, però».

Invece non ce l'ho fatta ad aspettare, e l'ho aperto non appena salita in tram.

Un biglietto rosa con su scritto, chissà perché, "Buon anniversario".

Cara Doralice,
nella vita ti capiterà di scoprire che non hai fiducia in te stessa. Incontrerai sfide che sarai tentata di rimandare, come ho fatto io per troppo tempo. Non mollare.
Resisti alla tentazione. Il tempo non è mai dalla nostra parte. Se ti capita un'occasione, coglila al volo. Esci il primo giorno di ogni primavera, di ogni anno.
Cogli il fiore più bello che ci sia e mettilo nella stanza che preferisci. Io tornerò a spalancare finestre, come mi hai insegnato tu. Sfreccia in bicicletta tutte le volte che ne hai voglia, su per la collina, in mezzo ai boschi o attraverso le città, tutte quelle che puoi.
Fa' il *tuo* giro del mondo e in ogni posto dove vai pensa a me e prendimi una cartolina. Sei arrivata nella mia vita prepotente e inconsapevole come un tornado e mi hai travolto. Adesso tocca a me. Voglio dimostrarti che si può cambiare, diventare ciò che si desidera. Che si può vivere fino in fondo e senza paura. Basta volere.

Oh, Gilda. Ho tirato su col naso e ho ripreso a leggere.

Voglio rivedere il mare, ancora e ancora. Riesumare il *Giallone*, tornare a scrivere, raccogliere le conchiglie, guardare un passerotto da vicino. Iscrivermi al centro anziani (sarai contenta!) e fare un giro in mongolfiera, toccare il cielo, ancora una volta, prima di sparirci dentro.

Tua,

Gilda

P.S. Le tette non me le rifaccio perché sono troppo vecchia. Ma per quanto ti riguarda, la mia offerta è sempre valida.

Una volta a casa ho appiccicato il biglietto sulla testiera del letto, a ricordarmi che sono sulla strada giusta. Davvero le parole di Gilda mi hanno fatto felice. Inaspettata, emozionante la vita ci scombussola tutti, ci fa ridere e piangere. Ora, io non avrei mai creduto che tra Beo e Gilda mi sarei sentita meglio che tra i miei libri, Pascal e i muri del dipartimento di Italianistica. Invece è così: sto meglio, oggi sto meglio. Seduta al computer di Ettore stampo i volantini del seminario. Tra pochi giorni è il compleanno di Bernardo, mi ricorda. «Lo so, gli sto preparando un regalo speciale» sorrido con i fogli ancora tiepidi in mano.

«Riccardo mi ha raccontato ogni cosa» sogghigna lui.

Per organizzare tutto mi serviva il suo permesso, oltre alla sua presenza, dunque Riccardo è mio complice da settimane.

«Dice che hai avuto un'idea stupenda, che sono fortunati ad averti...» continua Ettore.

Ecco che Riccardo è riuscito a spiazzarmi un'altra volta. Parla di *noi* a Ettore: dopo quello che è successo? Non so cosa pensare.

Ci sono duecento volantini caldi, freschi di stampa, sul tavolo.

Ettore mi chiede se alla fine ho convinto il mio professore a venire. Gli dico di sì: anche se mi è costato un articolo gratis su sant'Agostino (*nun c'è proppplema!*), ore e ore di lavoro non retribuito. Il professore verrà, me l'ha promesso.

Resto in silenzio per qualche istante.

«So tutto di voi due...» getta l'amo lui.

Faccio spallucce. «Non c'è niente da sapere. Ci piacciamo; solo che lui si comporta da stronzo».

A dire il vero non mi piace e basta. Magari fosse così; io mi sono innamorata di Riccardo, della sua storia triste, di suo figlio, del modo che ha di prendermi in giro, della sua risata. Io potrei restarci tutta la vita con lui e, prima d'oggi, non l'ho mai pensato di nessuno. Per questo ho una paura tremenda di farmi ancora più male e quando ci penso vorrei mollare tutto e sparire.

«Farei meglio ad andarmene!» esclamo. Un pensiero ad alta voce.

«No, Doralice, no» fa lui posando sul bancone due grossi tomi impolverati.

«Se vuoi bene a Beo...».

«Certo che gli voglio bene!» mi arrabbio io.

«E anche a Riccardo... Non farlo!».

«Tanto c'è Oca Giuliva che lo consola».

«Chi? Claudia?» sbuffa Ettore. «Fidati, quella non cava un ragno dal buco, è un anno che gli sta appresso... Non so cosa ci azzecchino insieme quei due. So solo che Riccardo di lei non parla mai».

Io non commento, e anche lui tace per un po'. Poi riprende a parlare nel tono sommesso e grave che usa per spiegare le cose importanti. «Gli ci vuole più tempo, ha paura di innamorarsi di te. Si sente in colpa, sa che potresti essere quella giusta, una nuova pagina della sua vita. E, da un certo punto di vista, tutto questo lo rattrista. Io, invece, penso che Isa è stata sfortunata e questo non lo possiamo cambiare. Ma quel che è accaduto non è colpa di nessuno e se Isa vedesse quanto li ami entrambi sarebbe felice... Sì, sarebbe felice, ne sono convinto!» sorride. «E il regalo che stai preparando a Beo... Be', io dico che è un regalo da mamma» con gli occhi lucidi quanto i miei. Sono seduta di fronte a una foto bella, grande, di Ettore e Riccardo.

«Riccardo e io siamo arrivati ai confini del mondo» dice Ettore seguendo il mio sguardo. «Abbiamo visto Viti e Vanua Levu, toccato la cima dei loro monti e guardato ogni cosa da lassù. Siamo stati alle isole Yasawa, abbiamo incontrato gente di tutti i tipi... ma da quando è rimasto solo è cambiato. Si è chiuso in se stesso. Soltanto tu hai saputo risvegliare il suo sorriso, la sua curiosità».

Sorrido grata e malinconica e mi vengono in mente mio papà e Trovadì, il fiume stanco con le anatre in fila e i salici sempre lì, a piangerci dentro.

Forse anch'io ho paura, paura di lui e di questa nostra storia. E mi ritraggo, aspettando che sia lui a decidersi.

Una volta, avrò avuto tredici anni, papà e io passeggiavamo sulle rive del Breo, osservando l'oscillare delle fronde dei salici.

«Non c'è prezzo per il canto dell'usignolo, lo senti?» mi disse tendendo l'orecchio.

Ma io non sentivo un bel niente.

«Ancora... lo senti adesso?!».

E d'improvviso, lo sentii anch'io. «Lo sento, lo sento!» tutta felice.

Sorridendomi continuò a camminare, un passo davanti all'altro.

Disse che avrei atteso di risentire quel canto per tutta la vita. Che era una cosa magica, un dono per pochi. Un momento.

Non ho più provato quella sensazione, non l'ho più sentito quel suono dolce che sembra carezzarti da dentro, che ti rapisce con la sua pace.

Poi, ho incontrato loro, Riccardo e Beo, e i salici non mi sono più parsi piangenti, ma protesi a captare quel suono dolce, a catturarlo tra le loro fronde. Questo è quindi l'amore. Ora lo so: un suono prezioso che riesci a sentire nel momento in cui ami.

Un battito d'ali, una punta di becco e il cuore leggero come una piuma.

Nel primo pomeriggio io e Beo ce ne andiamo da Gilda, ma, prima di salire, lo faccio: sono tre giorni che lei insiste.

«Magari lo fai ingelosire un po' il tuo signor Prao!». (Ma sì, per quel che ho da perdere!). Mando un messaggio di conferma ad Armando per la sera specificando di suonare Prao-Taballi alle 20.00.

Così impara, Riccardo!

«Pulizie di primavera» urliamo entrando in salotto. Gilda tira su tutte le tapparelle, spalanca le finestre lasciando che l'aria di maggio scaldi la casa. Butto fuori tappeti, cuscini e coperte varie.

«Ci vorrebbe un colore più fresco per le pareti. Non siete d'accordo?» dico guardandomi attorno.

«Forse» fa lei arricciando il naso.

«Dovremmo prendere qualche vaso, un po' di fiori, tende nuove...» mi entusiasmo.

«Perché no?» mi sta dietro Gilda. «Tende bianche e leggere» fantastica.

«Dài! Pitturiamo!?» fa Beo con la sua vocina squillante. «E poi buttiamo giù qualche muro...».

Guardiamo troppe puntate di *Fratelli in affari*! Me la rido divertita. «Be', qui sotto c'è un negozio di arredi e poco più in là un ferramenta fantastico...».

Non ci metto molto: un'ora dopo sono di ritorno con due buste stracolme: tende bianche per il salotto, leggere e svolazzanti; tre vasi blu, quattro tappetini colorati, gingilli simpatici, stucco per tirare via un po' di vecchi quadri e una lattina di pittura blu oceano.

«Bello!» si entusiasma Gilda.

Accendo l'iPhone e metto *Alfonso* a tutto volume (tanto ormai il danno con Beo è fatto). E lui attacca: «Se ora parte il trenino mi butto al binario, A-E-I-O-U-Y, che vita di *merdaaaa*!».

Gilda mi guarda perplessa.

Poi anche lei a sculettare col pennello in mano, mentre io tolgo i quadri: tutto dentro un grosso scatolone, "da portare in garage" ci scrivo sopra.

Tutti e tre balliamo con il viso sporco di pittura e le guance che ci fanno male dal ridere.

«*Stlonzo*, tanti auguri ma non ti conosco!».

«Basta, Beo!». Gilda lo trascina in bagno a lavarsi le mani. Io, intanto, in preda alla sindrome compulsiva da riordino, mi avvicino con fare bellicoso a un vecchio comodino accanto al divano. Non l'avevo mai notato prima, più che un comodino sembra uno scrigno panciuto con due gambette da rinoceronte. Un oggetto davvero sgraziato. In più, non c'entra nulla con il nuovo look arioso della stanza. Lo studio ancora un istante e infine decido per il garage. Faccio per afferrarlo e mi scivola dalle mani, con il cassetto ancora al suo posto. Strano, penso io. Provo ad aprirlo ma è chiuso a chiave. Inviolabile.

«Cosa fai?» abbaia Gilda di ritorno dal bagno, con le braccia conserte e l'aria severa.

«Volevo, ehm, proporle di portare questo *coso* in garage» mi giustifico.

«Quello non si tocca!».

«Andiamo, è un pugno nell'occhio! Non si intona affatto al mood locanda greca che vogliamo evocare». Locanda greca? E questa come mi è uscita?

Ma Gilda sembra aver perso di colpo il senso dell'umorismo. «Ho detto di no».

«D'accordo...» mi arrendo. Prendo lo scatolone che abbiamo riempito di cianfrusaglie e mi avvio verso l'ascensore.

«Aspetta, anche questa!» fa lei porgendomi una vecchia lampada, e mi sorride già rabbonita. Mi infilo nell'ascensore, uno di quei vecchi cassoni che tra un piano e l'altro ti costringono a guardare il cemento, con la sensazione di bara e di morte che a intermittenza ti serra la gola.

Finalmente sono al meno uno. Il garage è il numero 17. Eccolo. Tiro su la saracinesca, la puzza di muffa mi arriva fin sotto il naso, accendo una luce e *clic* la vedo. Una Citroën giallo limone a due cavalli degli anni Sessanta. Wow. E mi viene da ridere a pensare Gilda lì dentro. È gialla sul muso e anche sulle portiere, il tetto invece è nero, come il bagagliaio. Lucida da sembrare nuova. Chi diamine penserà a tenerla così pulita?

Le giro attorno come un gatto. È bella davvero con i sedili in pelle chiara, uniti, come un divanetto, il volante sottile e un foulard rosso annodato allo specchio retrovisore.

Torno di sopra.

«Non mi aveva detto della macchina!» sorrido.

«Hai conosciuto il Giallone...» replica orgogliosa.

«Ma come fa a brillare così?».

«Da trent'anni pago un vecchio signore appassionato che una volta al mese va a lustrarlo».

«Quindi non lo vede da un po', il suo Giallone» ammicco io.

«Già, un sacco di anni» sospira.

«Sono d'accordo con lei, è ora di riesumarlo!».

La sera, alle 20.00 spaccate, puntuale come un orologio svizzero, citofona Armando.

«C'è un tuo amico» mi informa Ester bussando alla porta della mia stanza.

Non sono pronta e gli faccio uno squillo chiedendogli di salire.

Gli apre la porta Riccardo. Io godo.

Tirata, profumata di vaniglia, con la chioma fluente da sbattergli in faccia gli sfilo davanti. «Esci?!» chiede preoccupato.

«Sì, non inserire l'allarme! Non so che ore faremo...» e mi stringo affettuosa al braccio del mio cavaliere.

«Ehm, veramente devo alzarmi presto domani» mi sussurra all'orecchio il povero Armando, e per tutta risposta gli assesto una gomitata al costato.

Riccardo non ci saluta neppure, rigido come una mummia, completamente tutancamizzato.

«'Notte!» civetto io mandandogli un bacio con la mano.

«Sì... 'notte!» risponde con un filo di voce.

Dio, come godo!

Giugno

Quando mi hanno telefonato per dirmi che mia madre si era sparata, ho pensato: *Lo sapevo, lo sapevo che prima o poi lo avresti fatto.* Si è uccisa, si è uccisa senza neppure lasciare un biglietto.

Era il 2 maggio del 1950.

Mi trovavo a Milano. Non sono tornata per il funerale, non lo so perché. Oggi penso che avrei dovuto.

Mio padre si chiamava Pietro e aveva gli occhi belli. Era emiliano, la conobbe a Venezia, dove spesso si trovava per lavoro. Era in affari con un cugino della mamma e così era arrivato ai Tarian. E quindi a lei, Eloise.

Sai come si dice *nomen omen*, e nel suo caso forse era proprio così. Conosci la storia? Una tizia francese si innamorò riamata del chierico Abelardo, filosofo e teologo. Furono amanti, poi si sposarono. Lo scandalo fu talmente grande che gli toccò separarsi. Lei si chiuse in un convento ed entrambi morirono soli. Non gli fu consentito di amarsi, proprio come ai miei genitori. Papà ci provò, eccome, a trasmetterle un po' della vita che le mancava, ma non poteva bastare e non bastò. Eloise non era più tutta intera, la violenza l'aveva come asciugata, rattrappendole l'anima, togliendole la dignità. E poi glielo uccisero. E con lui le portarono via anche Cate.

Era bella, mia madre: capelli scuri, occhi scuri. Esile come un fuscello. È strano, ma non ricordo di averla mai vista mangiare. E se davvero siamo ciò che mangiamo, lei era aria, impalpabile. E infatti un giorno se n'è volata via.

A Yerevan il cielo era sempre più blu, i fiori avevano un altro profumo e le case... nulla a che vedere con quelle di qua. La gente cantava di gioia. E anche Eloise a volte cantava, ma erano solo ricordi, i suoi.

Se adesso guardo fuori dalla finestra giù in cortile vedo un unico albero, un pesco. Ha buttato i fiori: sono esplosi all'improvviso, così tanti e perfetti da sembrare eccessivi, un dispetto e non un regalo. Eppure oggi ho voglia di scendere ad annusare la primavera. Il vecchio Callegari col suo cane ancor più vecchio se ne sta lì sotto a leggere un giornale; una bambina passa in bicicletta e poco più in là i ragazzini giocano a calcio, tra grida e schiamazzi.

La vita spinge, spinge senza tregua, e alla fine vince. Sempre.

Gilda

13

L'intervista

Dunque: questo pomeriggio Gilda aprirà il seminario sulla scrittura al femminile alla libreria.

Toccherà al mio professore di Linguistica introdurla e farle una specie di intervista. Infatti mi ha già chiamato venti volte con dubbi e quesiti di ogni tipo, finché non ho ceduto e le domande gliele ho inviate io via mail. Subito dopo averle lette mi ha richiamato per l'ennesima volta, preoccupatissimo per il taglio televisivo che secondo lui minaccerebbe di fargli fare brutta figura. Che faccia tosta! Ogni volta che lavoro al suo posto trova il modo di criticarmi, eppure mai che abbia il tempo o la voglia di metterci del suo! Pensare che ho già fatto una fatica pazzesca a convincere Gilda a partecipare. L'ho buttata sul drammatico, sostenendo che il mio destino accademico e la mia futura carriera (prego?) sono legati a doppio filo alla riuscita di questo evento. Ho concluso la mia tirata inginocchiandomi ai suoi piedi e rivolgendole una supplica in stile telenovela colombiana: «*Mi vida ha terminado! Estoy muerta!*». È stato a quel punto che Gilda è scoppiata a ridere, mi ha fatto rialzare e ha formalmente accettato l'invito di Ettore.

Morale della favola, Ettore è entrato in fibrillazione, perché una cosa del genere alla libreria non l'ha mai organizzata e al solo pensiero che verrà l'intero dipartimento d'Italianistica si sente male. Il mio professore mi ha fatto capire che se questa "cosa" si rivela una pagliacciata posso considerarmi accademicamente finita, bandita da tutte le Università del Regno.

Beo, dal canto suo, si è divertito a distribuire volantini in piazza con me, mentre Gilda ha conservato il consueto distacco. Devo forse preoccuparmi?

Alle tre passo a prenderla, sono agitata il giusto. «Ma perché diavolo la prendi così seriamente?» le è bastato uno sguardo per capire in che stato sono. «Si parlerà delle solite stronzate, la gente s'interesserà solo al buffet e tanti saluti. È solo un'occasione per prendere un po' d'aria e sgranocchiare focaccine stantie, niente di più».

Grrr... non sono dell'umore per il suo cinismo, la strozzerei con il foulard che porta al collo.

La aiuto a prepararsi, le suggerisco come vestirsi: pantaloni neri, camicia di seta bianca e cardigan grigio (con le paillettes). Lei, stranamente, non si ribella.

Arriviamo alla fermata del tram.

Tutte le corse dalle 15.00 alle 19.00 sono sospese. Ci scusiamo per il disagio.

«E come facciamo adesso?!» comincio a strillare accasciandomi a terra come Anna Magnani in *Roma città aperta*.

Gilda non perde il suo *aplomb*.

«Semplice, prendiamo il Giallone!» e mi allunga una pacca sulla spalla.

Al pensiero di noi due che arriviamo in piazza a bordo di quell'auto un pelino... vistosa non so se ridere o piangere. Ma che alternativa ho? I taxi in questo quartiere dimenticato da Dio sono più rari della neve in aprile, ed Ettore si starà già chiedendo dove diamine siamo finite.

«E va bene, ci sto!» trascinandola verso il garage.

Dieci minuti dopo sono seduta al posto di guida.

«Accidenti, come si guida questo affare?» urlo perforandole un timpano.

«Intanto, non offenderlo... Scusala, Giallone!» rivolta alla macchina. A me casca la mascella – e se Gilda si mette a fare la pazza davanti a tutti al seminario?

A discutere con gli oggetti, a dire parolacce, a parlare di tette rifatte o che so io? Mi ucciderei per essermi messa in questa situazione. Preferirei raccogliere tutte le cacche dei cani del quartiere, ma che dico, della città. Andrei al Lissuola con Achille ed Enea in braccio, tutti i giorni per un mese, ascolterei Colacioppo a *Voyager* inchiodata al divano. Oddddio!

No, Colacioppo no!

«Guarda che prima o poi ti viene un ictus se ti agiti così per ogni nonnulla. Alla tua età sarebbe un peccato» osserva serafica.

Metto in moto e tra grattate di frizione e improperi riesco in qualche modo a portare il Giallone fuori dal garage.

«E ora ringrazialo» ordina Gilda.

«Cheee?».

«Ringrazia il Giallone, forza» accarezzando il cruscotto.

«Lo sa, vero, che lei è matta da legare?». E mormoro un «grazie» fra i denti.

Mentre parcheggio davanti alla Tempus Fugit noto il professore in attesa sulla porta. Gilda, civettuola, gli fa ciao e lui si mette le mani tra i capelli.

Scendiamo.

«Come fa a non essere nervosa? Sono vent'anni che non parla in pubblico!» la stuzzico io.

Fa spallucce.

Veramente a questa gliene frega meno di zero!

Invece Ettore sembra una gallina spennata e gira come una trottola aggiustando istericamente sedie e microfoni.

«Come ti dicevo, è solo per *quello* che viene la gente!» borbotta Gilda indicando il lungo tavolo del rinfresco allestito vicino al bancone.

Beo viene a salutarmi, dietro di lui c'è Riccardo.

«Mi sono liberato, hai visto?» sorride.

Proprio oggi che sono un fascio di nervi! Non potevi restartene in ospedale, uff!

Vado in bagno a sciacquarmi il viso. «Andrà tutto bene!» guardandomi allo specchio.

La libreria è piena, c'è gente in piedi. Vedo Armando con un gruppetto di amici che mi saluta con la mano (che carrrrino!), e poi ex compagni di università, qualche mio alunno. Infine noto lei, seduta vicino a Riccardo, intenta a farsi aria con un giornale. Oca Giuliva. Prendo posto in prima fila.

Il professore agguanta il microfono che stride come da copione (prova, prova *fiiiiiiiiiii*) e apre l'incontro. «Quest'oggi parleremo delle scrittrici che, ognuna a suo modo, hanno influenzato e *blablablablabla*, sono orgoglioso di aprire il nostro incontro presentandovi Antonia Finzetta *blablablablablabla*». Applauso.

«È contenta di essere qui, signora Finzetta?» inizia a disagio.

«Certo!» ridacchia Gilda.

«Mi dica, quale giudica essere la sua opera più significativa?».

«Quella che non ho ancora scritto».

«Sono anni che ha smesso di pubblicare, eppure sappiamo che scrivere è a tutt'oggi la sua ossessione. Perché?».

«Perché non ho niente di meglio da fare».

«Che effetto le fa essere considerata una tra le più importanti scrittrici del dopoguerra?».

«L'orgoglio imporrebbe di risponderle "nessun effetto", e invece no, sarò sincera: mi fa piacere».

«Perché?».

«Perché sono vanitosa, come tutti gli scrittori».

«Crede in Dio?».

«Temo di no. L'aldilà è una truffa».

«E allora che cosa c'è dopo?».

«Nulla, fortunatamente. Potendo scegliere tornerei nel ventre materno».

«E l'amore?».

«Dura poco se fai sul serio, altrimenti è per tutta la vita. Prenda le vedove».

«Sarebbe a dire?».

«Al funerale sono distrutte, ma dopo qualche mese rinascono. È allora che sono davvero felici».

«Alla morte ci pensa?».

«Non vorrei».

«Per cosa ha vissuto?».

«Non lo so, per niente, credo».

«Rifarebbe tutto quello che ha fatto?».

«No» lapidario e glaciale da ferire l'aria.

Il professore legge le mie domande "triviali e da rotocalco" con imbarazzo crescente, ma nella sala non vola una mosca: il carisma di Gilda ha fatto centro un'altra volta.

«Che animale vorrebbe essere?».

«Un asino. È un animale sottovalutato e mi fa pena. Anch'io vorrei fare pena. Oppure vorrei essere una stangona bionda. Tinta, però, mica naturale».

Il professore strabuzza gli occhi. «E perché questo distinguo?».

«La vita fa schifo per tutti, lo diceva Sartre che siamo gettati nel mondo senza un perché e senza un senso, quindi partendo da questo dato di fatto, credo che l'ammoniaca in testa sia l'opzione migliore. È provato che rende più stupidi, creando vere e proprie voragini neuronali... Poi non trascuriamo un altro aspetto quasi altrettanto importante: il biondo addolcisce i lineamenti, specie d'inverno quando siamo tutti sciupati».

«Se dovesse dare un consiglio a chi ha meno esperienza di lei?».

«Fate attenzione agli stupidi. Sono come le cacche di cane: le strade del mondo ne sono piene e prima o poi finisce che le calpesti».

Risata generale e occhiata soddisfatta da parte del mio professore.

«Come desidera chiudere questa chiacchierata?».

«Penso che avesse ragione Leibniz. Viviamo nel migliore dei mondi possibili. Poteva andarci decisamente peggio».

Scroscio finale di applausi, gente in piedi che batte le mani. Il prof mi si avvicina ringalluzzito. «È andata bene, no?». Io finalmente respiro. Lascio Gilda intenta a firmare vecchie copie del suo libro e vado ad aiutare Ettore col buffet.

Verso prosecco nei calici fino a che mi fa male il polso.

«In gamba, la tua amica» sorride Riccardo mentre Beo s'ingozza di patatine fritte accucciato tra le gambe del tavolo.

«Già» annuisco.

«Sì, proprio interessante» cinguetta Oca Giuliva comparendo alle sue spalle. (Ma va! Che non te ne frega nulla! Torna a stritolare bambini tra le tue spire di pitonessa in calore!).

«Soprattutto la chiusura con Laivniz, il mio preferito,» insiste lei «che poi sarebbe anche una marca di biscotti».

Gilda arriva a braccetto di un Ettore tutto orgoglioso, un bicchiere di bianco in mano.

«Leibniz, cara, si dice Leibniz» e strizza l'occhio alla bionda.

A me viene da ridere e anche a Riccardo.

«Sì, sì, appunto, e io che ho detto?» si imbarazza Claudia.

«Non te la prendere, stella, sarà colpa dell'ammoniaca». Oca Giuliva si acciglia e scuote le chiome come per scacciare un brutto pensiero.

Quando siamo pronte ad andare spunta Beo.

«Gilda?» tirandole un lembo del cardigan.

«Dimmi, amore».

«Ci ho pensato!».

«A cosa?».

«Al regalo che voglio per il mio compleanno!».

Luglio

... e mentre il re pensava a dove fuggire, l'asino stanco era schiattato.

Sono seduta sulla mia poltrona.

Sai quando puoi dire di esser vecchio? Quando il sole non ti sorride più e il tuo fiato è brina gelata.

Davanti a me ho una cascata di vecchie foto scolorite. Adesso avrei voglia di farmi una corsa o magari una nuotata. Ma sono vecchia e le mie gambe dormono appoggiate a una sedia a rotelle. Diventare vecchi è uno schifo. Fisicamente c'è sempre qualcosa che non va, e se la testa funziona è ancora peggio. Poi è inevitabile fare bilanci. E se sei stata un'inetta assolversi diventa impossibile.

Non sono una di quelle che dichiarano fiere: rifarei tutto quello che ho fatto, errore su errore.

Intanto, non farei mai la scrittrice. Starsene sempre a inventare mondi fa male al cervello. Non ruberei più il braccialetto di Paola: avevo otto anni. Io e Paola non siamo mai andate d'accordo, lo sai.

Però credo che lei sia stata più felice di me: ha avuto una vita facile anche se non lo sa. Si è sposata tardi con uno qualsiasi. Una vita senza troppe pretese, senza troppe domande. Insieme hanno fatto Emma, la loro sintesi perfetta.

A volte penso che avrei dovuto lasciare l'Italia, questa casa, questa città, perché l'abitudine soffoca l'anima. Ma forse la mia anima aveva bisogno di vivere stretta, costretta, avvoltolata come un neonato in fasce.

Perché alla fine sono solo una gran fifona e per stare tranquilla devo avere la certezza che domani sarà uguale a oggi, senza imprevisti né colpi di scena.

Ho bisogno delle mie cose, dei miei odori, dei miei tempi. In realtà viaggiare non mi è mai piaciuto.

Però forse oggi gli direi di sì. Allora, quando me lo chiese, mi rifiutai.

No e basta. Punto e chiuso. Niente da fare. Ecco, forse oggi mi farei tentare. E le cose andrebbero diversamente.

Non ti lascerei andare via.

Non lo rifarei. Troppa amarezza. Troppo vuoto.

Non ti lascerei andare via perché eri mio.

E le fotografie mi stanno a guardare. Tutti quei volti, mettono quasi paura.

La mamma con gli occhi severi che giudicano.

Papà che sorride e mi dice che a furia di correre, da qualche parte per forza mi dovrò fermare!

Caterina è orgogliosa, perché lo sapeva che il mio destino era scrivere. Mi accarezza la mano e mi dà un bacio.

E tuo padre mi sussurra che un «sì» sarebbe bastato. Sarebbe bastato a cambiare le nostre tre vite.

Gilda

14

Buon compleanno, Beo

«Oggi è il mio compleanno!». Beo mi sveglia saltandomi addosso. «In piedi, dormigliona! Sono nato oggi di tanti anni fa...».

«Tanti anni fa? Non direi proprio, moscerino!».

«Allora, dov'è la sorpresa?» mi trascina in camera di Riccardo, salta sul lettone.

«Sveglia, sveglia! Dài, papà...» tirandolo per la maglia del pigiama.

Riccardo lo prende e lo stringe forte, lo strapazza, lo annusa. Io me ne sto sulla porta per non disturbare. Sono belli da togliere il fiato.

«Vieni, Lice!» grida Beo agitando la mano.

Allora mi siedo ai piedi del letto, senza smettere di sentirmi di troppo. Mi arriva in faccia una cuscinata, ma io non batto ciglio. Poi ancora una, e un'altra.

«Be', l'avete voluto voi!» centrandoli entrambi.

Con le risate e la gioia a riempire la stanza. «Non mi sembra possibile che tu abbia già cinque anni!» sospira Riccardo quando riprendiamo fiato.

Ce ne stiamo tutti e tre stesi e perfetti nel lettone a guardare il soffitto. Bianco, con un lampadario nel mezzo, bianco anche quello.

Oggi non dev'essere facile per Beo e Riccardo.

Ma poi: «Brioche per tutti!». La voce acuta di Claudia spezza ogni atmosfera. «Vi ho portato la colazione!» ed Ester dietro che annuncia pleonastica: «È arrivata la signora Claudia!».

Per un attimo ho pensato che Oca Giuliva svenisse nel sorprenderci tutti e tre nel lettone.

«Volevo farvi una sorpresa...» farfuglia.

Andiamo in cucina. Ester ha cucinato una torta di cioccolato, ci sono cinque candeline e la faccia di Peppa Pig.

«La mamma di Peppa è una maiala!» osserva Beo compunto.

Scoppiamo tutti a ridere mentre Oca Giuliva tira fuori il suo regalo. «Scusate ma devo volare, ho un'udienza stamattina».

«Grazie!» lo scarta Beo con foga.

Una bella camicia Polo con pantaloncini coordinati. E brava Claudia! Tu sì che sai come far felici i bambini!, ironizzo tra me e me.

Oca Giuliva scappa via ed è il turno di Riccardo che posa a terra un pacco gigante avvolto da un nastro rosso. Beo ci si fionda con gli occhi che brillano.

«È bellissimo!». Un trattore giallo a pedali con cui può andare anche al parco (l'ho scelto io ovviamente!). «Wow, Beo, sei contento?» gli chiedo.

«*Sciìì*» pedalando come un forsennato lungo il corridoio.

A un certo punto Riccardo e io ci guardiamo. «Lo prendo?» gli chiedo a bassa voce.

Mi fa cenno di sì con la testa. Poco dopo riemergo dalla mia stanza con in mano un pacco blu poco più grande di un libro.

«Beo, vieni qui» lo chiama Riccardo sedendosi sul divano.

Siamo un po' nervosi; Beo scarta il regalo e lo rigira tra le mani. «Cos'è?» chiede perplesso. «È un album. Avanti, sfoglialo!» gli sorride Riccardo fingendo un tono allegro.

Sfoglia le prime pagine e mormora un «mamma» da spezzare il cuore.

Mi sono fatta dare le fotografie da Riccardo. Ci sono loro, tutti e tre. La prima è di Beo appena nato.

«Guarda com'eri minuscolo!» dico tenendogli le spalle. Poi altre foto di quando aveva pochi mesi e via via fino ai tre anni.

Rimane a guardare quella che lo ritrae al mare con Isa, un autoscatto sulla sabbia. «Ti ricordi, Beo, di quando siete partiti tu e la mamma da soli?».

Si sta sforzando, Riccardo, ma quando la guarda nelle vecchie fotografie, con i *suoi* capelli lunghi e il *suo* sorriso, gli sembra quasi di sentire l'odore della pelle di lei e quella voce dolce che gli sussurra all'orecchio.

«Quando arrivi in cielo non muori più e resti com'eri» sospira Beo con aria assorta. «Gli assomiglio...» osserva notando una foto della sua mamma da piccola.

Sono identici.

Infine, ultimo regalo, un carillon. Beo gira la manovella, accosta la scatolina all'orecchio e si alza in piedi.

«Guardami, papà: la mamma fa così, vero?» e rotea su se stesso canticchiando la melodia dolce. «Adesso sì che me la ricordo...» con gli occhi pieni e la voce sottile.

Prima di pranzo ce ne andiamo tutti e tre insieme fino al parco di villa Guzman. Il *loro* posto segreto, con il chiacchiericcio delle cicale e l'odore di erba a fare il solletico al naso.

Lì davanti, fermi a fissare l'insegna.

Il cancello è aperto: un viavai di turisti e bambini in gita.

Ci facciamo coraggio.

Beo corre dentro e sembra felice di essere qui, saltella fino allo stagno delle anatre.

Allora Riccardo tira fuori un sacchettino di pane e lo svuota in acqua. Quelle ci si fiondano, ci sono anche cinque anatroccoli.

«Eccola la loro mamma!» indica Beo.

Arriviamo a un passo dal *loro* albero: un pino gigantesco sopra una montagnola soffice di erba e di muschio.

Devi sapere che c'è per trovarlo. Io non ci ero mai stata.

Ci sediamo. Stendo una coperta: in un cestino ho messo i

panini, i tovaglioli di Spiderman, tre succhi alla pera e qualche cioccolatino. Noi tre, seduti sul confine del mondo. In un posto che sembra magico.

Riccardo non parla, ma, ogni volta che Beo lo guarda, sorride, getta via i pensieri e gli fa sentire che è tutto a posto.

Il nano non sta fermo un momento.

«Guardami, so fare la capriola!».

«Sei bravo, amore, sei bravo…».

Riccardo mi prende la mano e la tiene stretta. Mi volto e ci guardiamo negli occhi.

Appoggio la testa sulla sua spalla.

Beo si intrufola in mezzo a noi.

E il tempo non sembra più, tutto è immobile.

«C'è un *eereo*…».

«Aereo, Beo, aereo» lo corregge Riccardo.

Riccardo sembra un bambino che ha lasciato andare l'aquilone. E ora lo guarda volare via sapendo che raggiungerà i suoi compagni, nel posto dove gli aquiloni si rincorrono liberi.

«Ti voglio bene, papà!».

E ci stringiamo forte.

Torniamo a casa verso le sette con i cartoni della pizza fumanti. Beo corre su per le scale e noi in ascensore.

Accendiamo il forno per tenere calde le pizze.

«E se prima ci facessimo tutti una bella doccia?» propongo.

Ovviamente devo acchiappare Beo, cacciarlo sotto il getto e tapparmi le orecchie. Poi gli sparo il phon in faccia. «Profumi di pesca!» sorrido.

Riccardo esce dall'altro bagno con solo l'asciugamano ai fianchi per andare a vestirsi. Sento il cuore battere talmente forte da sussultare. Bello come il sole!

«Lice...» mi tira il braccio Beo. «Che hai?». Chiazze rosse anche sul collo.

«Niente» mento infilandogli il pigiama.

Sbraniamo la pizza come se non mangiassimo da mesi. Quindi ci lasciamo inghiottire dal divano e ci godiamo i cartoni.

Riccardo massaggia la testolina di Beo.

«È stato bello oggi» sussurra.

«Sì».

Sorride senza voltarsi a guardarmi.

«Sabato andiamo di nuovo a dare da mangiare alle anatre?» sbadiglia Beo.

«Certo!».

Poco dopo Beo si addormenta davanti al televisore, Riccardo si immerge in uno dei tomi della libreria e io resto lì a guardarmeli, rapita.

Come se fossero miei.

«Lo porto a letto» dice Riccardo prendendo Beo in braccio. «Poi vado anch'io».

Mentre spengo le luci noto che il libro di Riccardo è rimasto sul divano insieme ai suoi occhiali. Glieli porto?

Ma sì!

Busso.

«Posso? Hai lasciato questi sul divano…».

Lui se ne sta seduto sul letto con solo il lenzuolo a coprirgli le gambe e il petto nudo.

Mi avvicino cauta come un gatto. Riccardo mi fa cenno di sedermi. Sento il cuore pulsarmi nel collo; ci fissiamo, immobili. Mi scosta i capelli dalla fronte, sorride e mi afferra il viso con tutte e due le mani.

Dio come ti amo!

Il mio corpo contro il suo. Mi bacia sotto l'orecchio, con la barba ruvida di due giorni che mi solletica un po'.

Mi si blocca il respiro e lui mi bacia, così, senza chiederlo, appoggia le sue labbra alle mie. Dolcemente. Lo bacio anch'io, con tutto l'amore che ho, gli mordicchio le labbra e lo bacio ancora, le sue mani sulle mie guance e le mie strette al suo collo. Mi sdraio trascinandolo a me e gli accarezzo i capelli, il viso sulla sua spalla per ubriacarmi con il suo odore.

Un altro bacio, irruento, più forte, poi un altro ancora, un brivido mi attraversa dal ventre alla punta dei piedi. Sento il respiro farsi affannoso, lui sussurra qualcosa e incomincia a sganciare i bottoni della mia camicetta. Mi ritrovo stesa tra le lenzuola lisce, tutto intorno il calore del suo corpo.

Facciamo l'amore: lo sento addosso, nella carne, sotto la pelle, ovunque. Chiudo gli occhi mentre stringo le gambe al ritmo dei suoi fianchi sopra di me.

Non posso credere che stia succedendo.

Mi stringe tra le braccia, accarezzo la mano che mi attorciglia al collo, mentre l'altra è posata sul mio seno. Ha gli occhi chiusi, accoccolato come un bambino. Dorme.

«Ti amo» e penso di non essermi mai sentita così felice, felice e basta. «Ti amo, Riccardo».

Ma vedo i suoi occhi, ben svegli, riflessi nel vetro dell'abat-jour. Allora mi affretto a chiudere i miei, per paura di trovare dentro il suo sguardo e sulle sue labbra parole che non abbiano lo stesso suono.

Agosto

«Io ti perdono, mamma». Queste parole sono per te. Per non avermi saputo amare e non avermi insegnato a farlo.

Eppure sapevi raccontarlo l'amore per le tue colline, per il cielo terso da rapire il sole, per l'argento del tuo fiume. La fiaba di un mondo magico e perduto. Mi hai parlato del nonno e della sua passione per la poesia, della nonna, della sua forza, del fascino di tua sorella e della purezza di tuo fratello. Tuo fratello che aveva otto anni.

Io so cos'è successo quel giorno che ti ha resa di pietra.

Era ora di pranzo e il nonno a scappare non ci pensava proprio.

Vi hanno preso così, con la vita che scorre placida tra le dita. Il rumore sordo degli stivali sul legno e la primavera di Yerevan è finita per sempre. Per primo hanno ucciso lui, che amava la poesia e i canti di Tumanyan, e poi hanno cercato

Anees. Era il più piccolo e aveva paura del buio. Gli ripetevi che i mostri non esistono e non aveva ancora imparato a tirare con la fionda.

Io l'ho capito col tempo che il bello del mondo tu non potevi vederlo più. Neanche quando ce l'avevi davanti, a portata di mano.

Per questo, mamma, ti perdono.

Oggi che me ne sto qui a tirare le somme, sento dentro di me una voragine immensa. Un vuoto incolmabile.

E però ti amo, mamma. Ti amo.

Come vorrei poterti amare a Yerevan, nel tuo mondo perduto, in mezzo ai gelsomini.

Lì dove eri ancora pura.

Tua per sempre,

Gilda

15

Frammenti passeggeri

«Davvero l'avete fatto?» mi chiede Gilda incredula con una tazza di caffè bollente in mano.

Mi sento di nuovo Dolores, l'attrice di soap opera colombiana: «*Nuestra Señora de dios, no sólo una vez!*».

«È un bell'uomo non c'è dubbio,» scuotendo la testa «ma adesso come si comporta? State assieme? E la bionda?».

«Gilda, quante domande... non lo so! So che sono innamorata. E basta».

In realtà ha messo il dito nella piaga. Cioè, Riccardo e io ci comportiamo come fidanzati solo quando siamo noi due, non l'abbiamo detto ancora a nessuno. Riccardo sostiene che gli serva più tempo.

Io il nostro amore avrei voglia di gridarlo al mondo, ma mi sforzo di rispettare la sua sensibilità.

Beo spunta in salotto tutto eccitato. «È vero, con la conchiglia si sente il mare se la metto così!».

Gilda, per il suo compleanno, gli ha regalato una macchina fotografica e una giornata al mare solo noi tre. Ci siamo stati martedì scorso. Abbiamo trovato quella grossa conchiglia passeggiando, con i piedi nell'acqua, la salsedine ad aprirci i polmoni e un vento teso che schiariva i pensieri.

Da una barca piccola e azzurra vicino al molo un vecchio signore con la barba e gli occhiali scuri a un certo punto ha gridato: «Ehi, bambino?» voce sibilante e pochi denti.

Beo si è spaventato.

«Dico a te...».

Sono intervenuta io. «Come possiamo aiutarla?».

«La vedi questa cima?» gettandomela. «Riesci a legarla laggiù?». Ho eseguito. È sceso a terra con le gambe abbronzate e un secchio in cui nuotavano cinque pesci.

«Posso?» ha chiesto Beo già col visetto dentro.

«Sono dentici» gli ha fatto lui. «Ci assomigliano, dopotutto, non trovi?».

«No!». Beo ha storto il naso schifato.

In fondo il vecchio ha ragione, non c'è differenza tra un pesce nel secchio e l'essere umano... Siamo tutti frammenti passeggeri. Pesci, uomini... non cambia!

Siamo tutti un po' superstiti, persi a rimpiangere un passato che non torna. Siamo viandanti che spiano, che ficcano il naso nelle vite degli altri senza trovare il coraggio di immischiarci. Malinconici frammenti passeggeri.

Ma alla fine la vita è troppo breve per restare semplicemente a guardare. Chi si ferma è perduto, lo sa persino il pesce nella boccia. E allora io voglio fare, fare per me stessa e per gli altri, tenere gli occhi aperti e guardare il mondo in faccia.

Dunque torno al presente, inghiotto il caffè d'un sorso e mi alzo in piedi. «Siete pronti per la missione Torpado?».

Ormai la bici è pronta da tempo, di un blu scintillante, perfetta. Gilda ha persino comprato un grosso fiocco e una bottiglia di vetro per metterci dentro la lettera. Beo salta su come un grillo, Gilda afferra la borsetta e poco dopo siamo in cortile. Slego la Torpado e me la tiro dietro fino alla fermata del 54, direzione via Gramsci. All'altezza del civico 13 scendiamo eccitati e impazienti. Con la Torpado sotto braccio e un livido nuovo di zecca nel punto in cui il pedale preme contro il costato, mi avvicino al cancello. «Shhh!» faccio rivolta ai miei due compari. «Restate lì, dietro la siepe».

Appoggio la bici a un muretto avvinghiato dall'edera. Vicino alla ruota posteriore, la bottiglia di vetro con dentro la vecchia lettera.

Alle nove il nostro uomo esce di casa pronto a inforcare la bici da corsa.

Ma la vista della Torpado lo costringe a fermarsi di botto, la bici da corsa cade a terra con un tonfo leggero.

Si inginocchia, si porta la mano alla bocca. E quando trova la lettera e comincia a leggere, due lacrimoni di commozione gli scendono lenti lungo le guance.

Noi tre ce ne stiamo dietro la siepe ad assaporare la scena, non più frammenti ma frecce che filano verso il bersaglio. A guardare quest'uomo tornato bambino in un istante, sento la speranza fiorire come un papavero in mezzo alle erbacce.

Più tardi, di nuovo a casa di Gilda, io e lei prepariamo il pranzo mentre Beo gioca con la conchiglia sdraiato sul tappeto. Lo sguardo mi cade su un vaso di rose rosse appoggiato sul davanzale.

Decido di stuzzicare un po' Gilda.

«Ehi, ma sono bellissime. Chi è lo spasimante segreto?».

Lei risponde seria: «È quello che mi chiedo anch'io. Ogni mattina trovo una rosa davanti alla porta. Ormai è una settimana».

Io lo so che gliele porta Ottavio Pregadio del centro anziani. L'ho visto davanti al fioraio e al mio saluto lui ha risposto con una strizzata d'occhio eloquente.

«Be', non le fa piacere? Secondo me dovrebbe scendere qualche pomeriggio giù al Giovani di un tempo a investigare... È pieno di bei signori che frequentano il centro, e, chissà, il suo innamorato potrebbe essere uno di loro. Senza contare che lei è un asso delle carte. Sono sicura che trionferebbe nel torneo di burraco». Mi sorride civettuola e io le faccio il solletico sui fianchi. «Comunque, a iscriverla ho pensato io. Così non dovrà perder tempo con le scartoffie. Lo consideri il mio regalo di non-compleanno».

«Se giocano a soldi ci vado!» sghignazza lei.

Dopo pranzo mi metto a stirare. Ripenso a Giovanni Speranza e mi piace l'idea che siamo schegge impazzite pronte a conficcarsi nella vita degli altri. Frammenti, sì, ma che qualche volta si incastrano e fanno spuntare un sorriso.

Sto andando a riporre i panni quando, con la coda dell'occhio, vedo Gilda armeggiare intorno al comò con le zampe da rinoceronte. Ha in mano una vecchia chiave che non le ho mai visto prima. Tira fuori un fascio di lettere. Assorta, se lo rigira tra le dita. Mi schiarisco la voce per segnalare la mia presenza e lei rinfila tutto nel cassettino, lesta e furtiva come un ladro sorpreso in flagrante.

Si siede e di nuovo ripone la chiave nella tasca del cardigan. Una chiave, piccola, di ferro, antica.

L'unica a conoscere il segreto di Gilda.

In salotto la luce è fioca, il silenzio ingigantisce il ronzio dei miei pensieri. E mi viene da pensare che in realtà non la conosco. Non so da dove venga Gilda, dove sia stata, quali sogni e delusioni abbia vissuto. So solo che custodisce un mistero, un grido muto che nulla potrà mai acquietare. Non le mie chiacchiere, né l'affetto di Beo, e neppure il sole caldo di primavera. E anche se si circonda di ninnoli e vecchie foto, del passato non vuole parlare. Sarà l'innocenza severa dei volti ingialliti che mi fissano dalle cornici, saranno le bambole tristi e decrepite nella vetrinetta in camera sua, ma sento che tra queste mura vibra un dolore più grande della sua stessa vita.

Perché Gilda è sola? Non un parente, un amico? Non riesco a impedirmi di pensare alla chiave.

Chi è veramente?

E se la chiave servisse a occultare qualcosa di brutto, di inconfessabile?

Chi sono le bambine nel ritratto appeso all'ingresso? Quali ombre nascondono i loro occhi grandi, sgranati per lo stupore o per la paura?

Espiro mentre il gocciolio del rubinetto aperto richiama Gilda in cucina. Senza rumore scivolo nella stanza da letto. Apro la vetrinetta e prendo in mano una bambola, poi un'altra. Cerco un indizio qualsiasi, un nome, una data, un luogo di fabbricazione. In preda a un istinto confuso, frugo tra i souvenir e le foto sparse un po' ovunque, finché non mi ritrovo in mano un biglietto.

C'è scritto: "Pietro 02 456908".

È la grafia di Gilda, la riconosco.

Ma mi squilla il telefono e in fretta rimetto ogni cosa al suo posto. È Riccardo, e mi informa che avremo ospiti a cena: Ettore, che adora la meringata. Tornando a casa possiamo fermarci a comprarne una in quel posto buono su via Marinetti?

Non appena apriamo la porta ci viene incontro l'odore della salsa di pomodoro e basilico. Una cosa semplice che mette buon umore.

«Il papà che fa il sugo!» si stupisce Beo facendo irruzione in cucina.

Riccardo è intento a rimestare nel pentolino, il grembiule schizzato di unto.

«Che pasta vuoi?» con un sorriso.

«Ci fai gli spaghetti?». Non appena Beo sparisce in camera sua Riccardo mi prende i fianchi e mi fa assaggiare il sugo. «È più buono così» e mi dà un bacio.

Ettore arriva presto e insieme a Riccardo apparecchia la tavola con i piatti del servizio buono, che sono di un bel verde smeraldo. Finalmente un po' di colore in mezzo a questo bianco perenne.

Beo grida felice «spaghetti!» e ci sediamo tutti insieme respirando un'aria diversa, un profumo di casa, di vita.

«Alla mia partenza!» ci spiazza Ettore, alzando il bicchiere di bianco nel mezzo della conversazione.

«E dove vai?» chiedo curiosa.

«In Thailandia. Ho preso il biglietto per settembre...».

«Dovrai organizzarti» lo interrompe Riccardo servendoci il bis «se conti di stare via fino a Natale».

«Beato lo zio Ettore!» fa Beo con la bocca piena.

«Mi spingerò fino a Ko Lipe sul fiume Tapi» e si versa un altro bicchiere.

Anch'io mi unisco al brindisi. Credo che Ettore si senta autorizzato a ricominciare a viaggiare ora che qui con Beo e Riccardo ci sono io. Un io che stasera suona come un *noi*.

Dopo avere messo a letto Beo e salutato Ettore, io e Riccardo ci guardiamo un film.

«Mi annoio...» arriccia il naso lui. «Ho un'idea. Scusami solo un istante».

Io credo di capire cos'abbia in mente, e mi fiondo in bagno a lavarmi i denti e spalmarmi la crema alla vaniglia sul viso e sul décolleté.

Quando riappaio in salotto Riccardo è seduto accanto al tavolino, con una bottiglia di tequila e un gioco in scatola che sembra Risiko ma non è.

La mia faccia parla da sola. «Che c'è? Non hai mai giocato a "chi sbaglia beve"?».

Una sorta di strip-poker dove al posto del poker ci sono i quiz di geografia. Via un indumento per ogni risposta sbagliata.

E chi lo faceva così giocherellone?

Mi scapperebbe da ridere se non fosse per un dettaglio: non mi piace perdere, specie da nuda, e, ahimè, sono una frana in geografia!

Dopo mezz'ora lui è vestito di tutto punto, mentre io sono rimasta in maglietta e slip. Anche se ho bevuto troppo, riconosco il bagliore che accende il suo sguardo. Mi avvicino. Gli sfioro la guancia col dito. In un attimo mi solleva da terra, mi adagia sul divano, le sue labbra incollate alle mie mentre lotta per sbottonarsi la camicia e poi i jeans. «Ho vinto» bisbiglio quando anche i boxer finiscono a terra. Lui mi sorride e le sue braccia mi inghiottono in un abbraccio che vorrei non finisse mai più.

Alle otto ci sveglia il rumore di Ester che armeggia con la serratura.

«Ehi, alzati, è tardi! Ho detto svegliaaa!!» scuotendo Riccardo che pare caduto in un coma profondo. «Forza!». Corro verso la porta del salotto e la chiudo a chiave.

A tentoni trovo i pantaloni e la maglia. Poi mi colpisce un pensiero allarmante.

«Oh, no!».

Settembre

Piccolo mio,
se fossi rimasto con me, ti avrei insegnato che negli autobus è sempre meglio sedersi in fondo. Laggiù le persone sono più socievoli. Sul “fondo” la gente ha più cuore, va’ a sapere perché. Ti avrei insegnato che non bisogna essere sempre accomodanti, che chi dice sempre di sì è un cretino. Che devi diffidare delle donne e che prima di sceglierne una la devi amare più di te stesso. A Parigi avevo fatto amicizia con un filosofo americano, un certo Arthur Miltz. Uno che della vita sapeva poco, eppure almeno un po’ l’aveva capita, secondo me. Aveva formulato una teoria sull’universo femminile, la *teoria vacchiana*. Diceva che la donna non può essere paragonata a una “vacca reale” in quanto priva dell’innocenza tipica di quei ruminanti. Per lui la donna era piuttosto una “vacca irreale”. La differenza tra la vacca reale e quella irreale è la coscienza di

sé, che non è cosa da poco. Il mondo secondo Arthur Miltz era una grande stalla popolata da vacche irreali che muggivano di continuo. Potrà sembrare una visione misogina, ma credimi, non è così. A modo suo Miltz ammirava le donne, le subiva al punto da esserne terrorizzato. E poi, non era certo più indulgente coi maschi, tutto il contrario!

Se fossi rimasto con me, ti avrei insegnato ad allacciarti le scarpe facendo le alette.

Ti avrei insegnato a prepararti l'uovo sodo e il caffè.

Ti avrei insegnato a rispettare la vita, perché c'è chi lotta per camminare, chi per sorridere, chi per un respiro in più.

Ti avrei insegnato a rispettare gli altri se vuoi essere rispettato a tua volta.

E ad avere pena, sì, ti avrei insegnato ad avere pena.

A sei anni tu mi avresti chiesto cos'è l'amore.

Ci penso sempre.

Come rispondere?

L'amore è darsi a un altro.

L'amore è la lama nel petto.

Un bacio, una carezza.

La mamma al mattino.

Io ti avrei insegnato ad amare, perché solo così saresti diventato uomo.

Gilda

16

Il matrimonio

Domani è il 25 giugno. Mi sale alla gola un vago senso di nausea mentre preparo il borsone per me e Beo e chiedo a Riccardo di darci uno strappo in stazione.

«E questa?» fa Beo mostrandomi la digitale, il regalo di Gilda per il suo compleanno.

«Non serve che te la porti».

Ugola a vista e un acuto da spaccare i vetri. «Invece *sciìì*!!!».

«D'accordo, d'accordo...» e la infilo nella tasca esterna. Una Canon da 12,1 megapixel e mirino elettronico professionale. La strozzerei quell'esosa di Gilda. E pensare che quando l'ho conosciuta contava persino i centesimi!

«Quelle da bambini sono per scemi» gli ha detto allungandogli il pacchetto.

Da allora Beo è diventato un fotoreporter d'assalto, non molla la Canon un secondo, è capace di scattarti un intero servizio mentre sei al gabinetto.

Manca un quarto alle tre. «Spicciati!» grido precipitandomi giù dalle scale. Riccardo ci aspetta con la macchina accesa.

«Comunque, come mi devo regolare con i miei?» gli domando nervosa.

«In che senso?» mi fa lui con la sua faccia da gnorri.

«Cioè, domenica hai promesso di venirci a prendere, giusto?».

«Giusto» mi fa eco con tono da schiaffi.

«Dunque come ti presento?».

«Presentami e basta...».

«Ai miei genitori non sarà sufficiente» mi scaldo io.

«Puoi dire che sono un tuo amico».

Ho raccontato a mia madre che devo portarmi dietro il bambino a cui faccio da tata e non ne è rimasta per nulla contenta. Il mio terrore, però, è che Beo si faccia sfuggire i particolari del nostro *ménage*, ovvero che spiattelli in giro che io, lui e suo padre viviamo insieme.

«Hai capito, Beo? Meglio non dire che io abito insieme a voi. La mamma non capirebbe» ho iniziato il lavaggio del cervello fin dalla settimana scorsa.

«Le bugie non si *diciono*, no no no...» ha risposto scuotendo il testone.

Alla fine sono stata costretta a ricattarlo. Gli ho raccontato che ho il cellulare di Awimma, e che non escludo di usarlo se non promette di collaborare.

«Davverooo?» ha deglutito terrorizzato.

«Sì, e se non tieni il becco chiuso gli dirò di rubarti la digitale».

(Non ascoltare, Tata Lucia).

Dopotutto non avevo altra scelta.

A cinque minuti dalla stazione riprendo il discorso con Riccardo.

«Quindi?!».

«Quindi cosa?» sempre più fastidioso.

«Sai che c'è, a me così non va bene. Io voglio una storia d'amore romantica, di quelle che si vedono al cinema. Un principe con il cavallo, un abito di tulle. E tutti vissero felici e contenti. Di certo non un cagasotto che sbuffa: "Di' ai tuoi che sono un amico!". Beo e io ce ne torniamo in treno, non scomodarti!».

«Chi si è fatto la cacca addosso?» interviene Beo.

«Zitto e cammina!». Lo trascino giù dall'auto e sbatto con forza la portiera.

Riccardo ingrana la retro e si allontana senza salutare.

«Ma vaffanculo stronzo!» penso a voce alta.

«*Tanti auguri ma non ti conosco...*» canticchia Beo.

Lo fulmino e ci incamminiamo al binario.

Il brusio incessante della stazione è sovrastato da una voce asettica che a intermittenza annuncia partenze e arrivi.

«Il regionale delle 15.30 viaggia con dieci minuti di ritardo».

Ecco, ci mancava anche questa!

Ci sediamo sui gradini ad aspettare. Fisso la chiesa dei Vinti davanti a noi. C'è una bella luce che si riflette sui tetti aguzzi. Un bambino dall'aria inglese ci trotterella a fianco fissandoci. «Sorry!» lo riagguanta la madre. Due turiste francesi sfogliano le pagine di una guida; un vecchietto passeggia tranquillo. Sul muretto di fronte a noi una dozzina di ragazzi scherza e ride chiassosa. I piccioni zampettano in mezzo al caos a caccia di briciole.

Beo mangia un gelato che gli cola sui pantaloni.

Sono nervosa! D'altronde sta per arrivarmi il ciclo, questione di qualche giorno, penso tra me.

In realtà ho una settimana di ritardo, ma di sicuro dipende dalla stagione, dai capricci della luna, dall'inquinamento elettronico, dall'eccesso di ormoni nel pollo o da chissà cos'altro. Sì, di sicuro c'è una spiegazione. E con la fortuna che ho sono certa che mi verranno domani, giusto al momento del sì.

Già.

Come per una maledizone, lo sguardo mi cade su un numero esorbitante di pance, neonati e bebè. Ma nessuna di quelle protuberanze, testoline implumi e rotonde faccette mi suscita la minima tenerezza, solo terrore e il desiderio che il ciclo mi arrivi il prima possibile.

«La mamma di Tommaso Turati ha un bambino nella pancia» fa Beo leccando quel che resta della sua pallina di fiordilatte.

Provo a sorridere ma sono sempre più angosciata.

«Ha dato tanti baci a suo marito e così Tommaso avrà un fratellino. Ha detto che di sicuro è un maschio perché lui le femmine non le vuole!».

«Non puoi mica scegliere, Beo».

«Ma lui ha mandato una lettera a Babbo Natale» spiega ammirato.

«In pieno giugno?».

«Be', gli ha chiesto un piacere» fa spallucce lui.

È ora di andare. Impugno la mano appiccicaticcia di Beo e ci fiondiamo al binario.

I miei ci sistemano nella mia vecchia camera. Mia mamma per questa storia di Beo quasi non mi rivolge la parola. Insiste perché domani lo spacci per un cugino di secondo grado.

«Fare ancora la baby-sitter, alla tua età!» borbotta salendo le scale.

Beo dice che la mia stanza è bella. «Ma anche la tua, a casa vera, è bella, eh!» aggiunge.

«Ah, sì? E tu che ne sai della sua casa "vera"? Credevo che Doralice venisse a prenderti a scuola».

«No, è che Beo è salito da me qualche volta» mi agito io, stritolandogli la manina.

«Ceniamo tra dieci minuti» annuncia mia madre prima di uscire. «Ti piacciono le cotolette?». La prima frase amichevole da quando siamo arrivati.

«Deliziose...» risponde Beo massaggiandosi la pancia.

La mamma sorride.

La mia stanza è sempre la stessa. Con il letto a una piazza e mezza nel centro, la coperta a quadretti, la scrivania di legno, due mensole rosa, qualche vecchio giocattolo, un poster di Noam Chomsky accanto a quello di Woody Allen.

E naturalmente una quantità imbarazzante di libri: da *Peter Pan* (in una preziosa edizione degli anni Venti) a tutto Roald Dahl.

Mi stendo sul letto a fissare il *mio* soffitto e rivedo la balena bianca, Tom Sawyer, le sorelle March e Willy Wonka. Mi salutano agitando la mano mentre mi lascio scivolare nel torpore che precede il sonno.

«Me lo leggi?» mi sveglia Beo tenendo in mano *Le streghe*.

«Dopo cena, promesso» e scendiamo di sotto.

Dunque, la mamma ha preparato cotolette, patate al forno e il pudding. «Per mettere a suo agio Gregorio» dice. Gregorio è italiano di padre ma inglese di madre, quindi qualcosa capisce quando parliamo, ma non troppo, inoltre ha un accento *very english* e si sente molto *cool* perché indossa il *papillon*.

Papà sta seguendo un corso d'inglese all'Università della terza età per poter avere colloqui più profondi col suo futuro genero. In grammatica è ferratissimo, ma la pronuncia è un vero disastro. Più simile al turco, direi. Beo si ingozza di patate al forno. Con sguardo rapace ci si avventa sopra come se non mangiasse da mesi. Papà gli sta dietro e cerca di farci conversazione.

«Allora vai all'asilo?».

«*Sciìì*» con la bocca piena.

«E ti piace?».

Annuisce.

«Cosa ti piace?».

«Fare le foto con la digitale» risponde sicuro.

Papà s'illumina. Da un paio di mesi fotografa pane, teste d'aglio, pezzi di peperoncino, ceste di frutta, vino e si sente molto artista. Beo, invece, predilige nature vive: dita nel naso, gente sul cesso, Gedeone che fa la pipì. L'altra sera lo ha vestito con un cappellino al rovescio e i miei Ray-Ban.

Beo corre in camera a prendere la Canon per farla vedere a papà. «Guarda, guarda» saltellando come un capretto.

Se la intendono quei due, seduti vicini a decidere chi di loro sia il nuovo Steve McCurry. La mamma intanto ci dà dentro col gossip, ci parla del figlio dei Nallo che si sente donna e ruba i vestiti della madre; di Carla Tunion che si è rifatta le tette e iniettata il botox dappertutto; e, *dulcis in fundo*, di Camilla Martora che è incinta di sei mesi e il padre non sa bene chi sia. A me va per traverso il boccone e ingollo un sorso d'acqua.

«Tutto bene?» chiede Anna sollecita.

«Sì...» poco convinta.

La mamma dice che la signora Martora si vergogna di avere una figlia sciagurata, al punto che le è venuto lo *sfinimento* e non esce più di casa.

E se succedesse a me? Se fossi io la prossima sciagurata di cui sparlare? Un brivido mi elettrizza fino alla punta del ciuffo crespo. *Dài, ma sì che mi arrivano! E se non arrivasse-*

ro?! Oddio mi viene un'ansia che tra un po' mi procuro un infarto.

«E adesso che c'è? Perché sei così pensierosa?» mi chiede a un tratto la mamma.

Improvviso che tra un po' c'è l'esame di dottorato.

Come promesso, una volta di sopra, leggo due capitoli delle *Streghe* a Beo, che terrorizzato si tira il lenzuolo fin sopra la testa. In un quarto d'ora si addormenta. Io, invece, non ho sonno. Sono troppo agitata per via di questo ritardo, so che potrebbe essere, ma anche che non è possibile. Insomma abbiamo rischiato una volta soltanto. Sorrido davanti allo specchio del bagno mentre mi lavo la faccia: «Sei la solita paranoica, Doralice!».

Anna mi sorprende toccandomi una spalla.

«Tisana della staffa?». E scendiamo in cucina.

C'è ancora odore di fritto, odore di fritto tramortito dalla varechina. La mamma ci accoglie con un sorriso. «Non dormi?» le faccio gentile.

«Ho appena finito di sistemare» trilla lei, per nulla stanca. In sala da pranzo il tavolo di benvenuto per gli ospiti è già allestito: tovaglia di seta, mazzi di fiori e l'argenteria della nonna in bella mostra sul cóntro-buffet.

Prima di ritirarsi la mamma ci ricorda che alle otto arriva Susanna, ovvero trucco e parrucco. Anna tace.

«Sei nervosa?» le chiedo rigirando il cucchiaio nella tazza.

«Un pochino» fa lei, quasi umana.

«Credo proprio sia normale!» e le allungo un buffetto di incoraggiamento.

«È che...».

«Cosa?».

«Non so, sciocchezze... cioè, niente».

«E dài, parla» incuriosita.

«È che a volte mi dà così fastidio...».

«Chi?».

«Gregorio, come chi?!» si irrita lei. «Con quella sua efficienza e la vocetta impostata. Per non parlare dei piedi. Li hai notati?».

Sorrido. «Sei solo nervosa...».

«Stendiamo un velo pietoso sul sesso» prosegue con aria schifata.

Io mi mordo il labbro e non faccio commenti. Preferirei non sapere.

«Cioè, una tortura» continua imperterrita.

Quando è troppo è troppo! «Scusa, ma che te lo sposi a fare?» domando sconvolta.

«Per mille ragioni!».

«Che palle, Anna! Lascia perdere i soldi per un momento» sbotto io.

Mia sorella e io abbiamo una visione del mondo talmente diversa da farmi sospettare di essere stata adottata. Cioè, lei si sposa uno che le fa quasi ribrezzo e, d'accordo che i soldi aiutano, ma come diamine fa ad andarci a letto? Con Gregorio?!

Ci credo che è agitata! Empatizzo con lei al punto che prima di andare a letto do di stomaco.

«Tutto bene?» chiede la mamma riemergendo dalla sua stanza.

«Sì sì…».

«Sicura?» con occhi inquisitori.

«Ma sì!» e finalmente me ne vado a dormire.

Il mio vestito da cerimonia è color carta da zucchero. Non mi dona per niente e non sono l'unica a pensarla così. Persino Beo ha dovuto ammetterlo. «Non *scei* tanto bella!». E comunque non mi si chiude la zip. «Hai messo su un po' di pancetta…» nota la mamma, sforzandosi di averla vinta sulla cerniera ribelle. E *sbang*: il mio tasso di paranoia si impenna.

«Dovresti andare a correre, ogni tanto».

Deglutisco e uno sciame di pensieri mi punge il cervello. Oddio perché la dannata zip non si chiude?!

Intanto la parrucchiera, che nel frattempo è arrivata e ha dispiegato il suo arsenale di spazzole, forcine e belletti, insiste per farmi i boccoli e passarmi la matita sugli occhi. «Così sei stupenda!».

Mah!

Aggiusto la cravatta a Beo. «Sono un marito con la *crabatta…*» mi dice fiero. «Io sposo La Gioia, ma quando arriva?».

Ieri con Anna gli abbiamo fatto qualche innocente scherzetto: io la chiamavo al cellulare e lei fingeva di essere La Gioia.

Beo: «Quando arrivi?».

La Gioia: «Ti aspetto».

Beo: «Mi sono lavato tutto! Domani mi metto la *crabatta* e dico ti *ammoro*!».

Esilarante, se non fosse che da ieri mi ossessiona con questa storia.

«Ma se ti sposi io come faccio?» gli ho chiesto stamattina al risveglio.

«Per te c'è papà» ha risposto sicuro.

Magari!

«Ecco fatto, un nodo perfetto!» e gli schiocco un bacio.

Zia Olga, la prozia ottantenne, mi caracolla incontro. Ancora signorina, due tette che sembrano mappamondi, rossetto sui denti, la zia è di Venezia, «il posto più bello del mondo», con i turisti che ti tolgono l'aria e i piccioni che ti scagazzano in testa dalla mattina alla sera. Per lei spingersi fino a Trovadì è come cambiare emisfero.

In casa regna il caos: i cugini di Mantova fanno salotto; la zia Rosita si commuove in anticipo; Olga sbuffa che non riesce a domare i capelli; la mamma si lamenta che è grassa e il papà se ne frega, sprofondato nella *Gazzetta di Trovadì*. Tutti gli altri ci danno dentro con il buffet.

Infine, dopo almeno tre ore di trepidante attesa, Anna scende le scale. I parenti smettono per qualche minuto di strafogarsi, la mamma scatta foto a raffica e papà sbadiglia bonario. Il vestito è un pugno nell'occhio – sembra uscito dal *Mio grosso grasso matrimonio Gipsy*. Sobrio, insomma.

Beo le fotografa le scarpe (effettivamente i piedi strizzati in un sandalo con gli strass hanno qualcosa di darwiniano) e il diadema. Poi dice «*sciorridi*» e le fa un primo piano al naso.

Più tardi, durante la cerimonia e il pranzo a seguire, scatta una serie di immagini indimenticabili: zia Olga che si fa aria con le falde della gonna; un distinto signore che si infila in tasca una tartina al salmone; un'amica della mamma che fa gli occhi dolci al testimone; e poi ancora Olga, accasciata in poltrona che russa a gola spiegata.

I parenti di Gregorio sono pochi e composti, mentre tra quelli "lato sposa", decisamente più veraci, è tutto un «Cin cin! Viva gli sposi!» e «il mangiare è buono ma insufficiente». La villa affittata per il pranzo, in ogni caso, è stupenda. C'è pure un parco secolare nel quale Beo giura di aver visto uno gnomo dall'aria triste e malinconica. Non è riuscito a fotografarlo, però, perché era timido.

Verso la fine del pranzo mi prende per un braccio e mi trascina in un tour della villa. Così scopriamo che in contemporanea al matrimonio di Anna nell'ala ovest si festeggiano anche un battesimo e un pensionamento.

Ci intrufoliamo per ficcanasare.

Il rinfresco per il battesimo è funestato dal pianto ininterrotto del bambino e dalle chiacchiere altrettanto fluviali della sua mamma, perciò scappiamo via quasi subito. Nella sala accanto, invece, un sacco di gente ubriaca e felice improvvisa una ola per festeggiare un frastornato ex impiegato dell'Inps. Un tizio mi assorda a colpi di trombetta – sorrido, ma vorrei torcergli il collo con le mie mani. A pochi passi da noi un'esuberante signora incinta danza a piedi nudi, dimenando il pancione con minaccioso entusiasmo.

Beo la fissa impaurito.

«Perché è così grossa la sua pancia?» mi chiede piano.

«C'è dentro un bambino!» rispondo con l'ansia che mi serra la gola.

«Se l'è mangiato?». Sembra uno che ha appena incontrato Hannibal Lecter in ascensore.

«Dove diamine ti eri cacciata?». La mamma mi guarda severa. Ci manca solo che mi trascini via per l'orecchio.

Oddio, le foto *ufficiali*.

Beo vuole aiutare il fotografo che lo sopporta paziente.

«Tutti in posa, grazie» ci invita.

Anna mi prende sotto braccio, si piazza tra me e Gregorio. Adesso quando lo vedo mi vengono in mente i racconti sulle sue prestazioni, altro che papa Gregorio! Me lo immagino nudo, con il papillon, che ansima con quella sua arietta impettita. Mi sale un attacco di nausea.

«Dite *ciiiiiis*…».

Ripartiamo con il treno delle 19.30.

Riccardo mi ha scritto un messaggio: sarà in stazione per il nostro arrivo. Beo si appisola sul mio braccio, con in tasca mezza dozzina di bignè al cioccolato. Un po' sorrido un po' lo strozzerei, dal momento che si è sporcato da testa a piedi. Beato lui, però, che riesce a dormire. Io avrei tanto bisogno di un tranquillante.

Riccardo ci aspetta al binario, ha un fascio di rose bianche e rosse in mano e non appena lo raggiungiamo mi bacia, così, anche se c'è Beo, che fa il timido guardandoci di sottecchi. Mi sussurra all'orecchio che gli sono mancata.

Wow!, penso, facciamo progressi!

A un paio di isolati da casa chiedo a Riccardo di fermare la macchina. «Andate avanti, io torno a piedi» annuncio.

«Tutto bene?» fa lui.

«Devo solo sbrigare una commissione» sorrido.

Un passo davanti all'altro arrivo alla farmacia di turno. Entro, per fortuna non c'è quasi nessuno. I farmacisti sono due, prego che mi tocchi la donna, invece finisco col tipo serioso della mia età.

«Un test di gravidanza, per cortesia» domando flebilmente.

Il cuore mi pulsa fin nel cervello e ho paura di svenire.

«Quale?» fa lui.

«Uno qualsiasi...».

«Più preciso, meno preciso?» come fossi cerebrolesa. (La sua espressione dice: "Ti sei cacciata nei guai! Non sai come funzionano queste cose?").

«Più preciso» rispondo.

Nascondo il test nella borsa, pago e scappo fuori.

Ottobre

E oggi mi sento che vorrei morire. Sento che ho sbagliato tutto e che il tempo è mio nemico. Azzerare ogni cosa, ecco cosa vorrei.

Ti penso, e non c'è rimedio a tutto il male.

Aiutami Dio, se ci sei fammi morire adesso.

Te lo urlerei con tutto il dolore che ho. Perdonami amore, perdonami, e ancora, ancora perdonami.

Io non c'ero quando la sera eri triste e magari pensavi a me, non c'ero quando la notte piangevi per un brutto sogno. Non c'ero quando hai imparato ad andare in bicicletta, non c'ero quando hai detto la prima volta «mamma». E quando l'hai detto non l'hai detto a me.

Dio, come ho fatto?

Perdonami, ti prego.

Non c'ero quando hai fatto il primo esame, non c'ero quando ti sei innamorato. Mi sono persa tutto.

Tutto tranne il primo frullare d'ali nel ventre, il primo calcio, il primo singhiozzo.

E ti penso, non sai quanto ti penso.

E vorrei ricominciare.

Tornare al giorno in cui ti ho visto e poi ti ho perso.

Perdonami.

Non ho avuto il coraggio, e ho perso.

Non ho avuto la forza.

Ho creduto che fosse meglio per te. Ma tu eri me.

I tuoi occhi mi hanno scavato un buco nel cuore.

Ti sento, se chiudo gli occhi, ti sento ancora.

Mio da proteggere, mio da amare.

L'amore, ecco cos'era.

L'ho cercato tanto, ed eri tu, un cuore nel cuore.

Gilda

17

Ognuno ha un segreto

Stamattina sono di buon umore. Il test è rimasto chiuso dentro la mia borsa per due giorni, con ancora il cellofan tutt'attorno. L'ho tenuto tra le mani un po', per poi cacciarlo dentro un cassetto. Ho deciso di aspettare. Sono sicura che la mia è solo paranoia. Ho saputo (da Beo) che Claudia è a New York e Riccardo è stranamente amorevole, mi riempie di attenzioni, mi scrive messaggi e l'altro giorno mi ha preso la mano per strada. Cioè, un miracolo!

Faccio colazione. Beo è via tutto il giorno, una festa a scuola per la fine delle lezioni e poi a casa di Lorenzolo. Faccio una doccia per svegliarmi e studio un po'. La casa oggi è tutta mia, Riccardo non arriverà prima di cena.

Dopo lo studio, prendo la bici e vado da Gilda. Oggi c'è un sole splendido, non è troppo caldo e viene voglia di starsene stesi in spiaggia oppure all'ombra di un vecchio albero.

Finalmente ho convinto Gilda a dare una chance al Giovani di un tempo: lo frequenta da una settimana e mi sembra le piaccia; tanto più che il signor Ottavio ormai la corteggia apertamente, insiste a mandarle le rose e casse intere di limonata. Credo incominci ad apprezzarlo anche lei, perché ultimamente ci mette molto più tempo del solito a prepararsi.

Arrivo scampanellando con la mia bici, lei si affaccia e mi saluta. Ci sediamo per pranzo: ho portato l'insalata di riso. «Buona,» commenta bevendo un sorso d'acqua «un po' piccante».

«A che ora scende?» faccio io pulendomi la bocca.

«Verso le tre. Sei più bella del solito, oggi, Doralice».

«Sarà l'amore...» sorrido.

E mi scruta con gli occhi a fessura. Io arrossisco e mi alzo per sparecchiare, spalanco le finestre e sbircio fuori per non essere *sbirciata* da lei. Questo quartiere ha un suo fascino, gli appartamenti sono tanti puntini affollati, chiassosi, un vociare continuo. A quest'ora si sente l'acqua che scorre nei lavelli, il rimescolio delle posate, il telegiornale in TV. Lo sventolio dei panni alle finestre, i pianti dei bambini e le urla dei grandi.

Un'umanità che ti fa compagnia.

Qualcuno ride.

Ma bisogna aspettare la sera per godersi la parte migliore: le rondini che si rincorrono, giocano, fanno il solletico al cielo che ti stupisce per quanto è grande.

A un quarto alle tre scendiamo. Adesso è più caldo, per strada non c'è nessuno, solo il brusio di qualche replica alla TV.

Camminiamo piano sotto le fronde dei vecchi olmi. «Eccolo, eccolo!» si anima Gilda.

«Chi?» mi preoccupo.

«Sopra quel ramo, guarda… guarda com'è bello!».

Un pappagallino. Una creatura esotica, scappata da qualche gabbia. «Sì…» le sorrido.

Siamo arrivate, sotto il naso un refolo di pesce bruciato che forse solletica il palato dei randagi, ma di certo non il mio. Do di stomaco, così di colpo, dietro a un cespuglio.

Gilda mi tiene la testa, mi fa sedere su un gradino facendomi aria con un foglio di giornale.

«Non me la racconti giusta, Doralice» sentendomi il polso.

«È il caldo…».

«No, non è il caldo» fa lei senza aggiungere altro.

Dopo qualche minuto mi alzo, nonostante la nausea non sia ancora passata. «Andiamo?» le dico prendendola a braccetto.

«Sicura?».

«Mai stata meglio» e le strizzo l'occhio.

Al Giovani di un tempo ci sono le pale sul soffitto e si sta bene, poi oggi c'è il compleanno di Zina e Lita, gemelle, ottantanove anni. Hanno preparato un banchetto con pizzette, bibite e salatini. Sono impressionanti: vestite uguali, con lo stesso caschetto grigio, gli occhiali da vista, nessuna differenza a parte forse mezzo centimetro d'altezza.

Nella sala grande una trentina tra uomini e donne giocano a carte divisi in gruppetti. In un angolo Poldo Lionello si lamenta della gamba e del braccio ingessati e con i suoi «oi oioioi» infastidisce non poco le signore che gli stanno sedute accanto.

Ci viene incontro il signor Ottavio.

«Buongiorno, ragazze!».

«Che ha Lionello, da piagnucolare in un angolo?» si informa Gilda.

«Dunque, qualche giorno fa» attacca Pregadio con piglio da giornalista di nera «è arrivata l'ambulanza, perché quello sciagurato di Poldo perdeva sangue dalla bocca e faceva il morente. Dovete sapere che ha una carrozzina ultimo modello con le ruote estraibili e il poggiapiedi ribaltabile. Ci dà dentro con il turbo e corre troppo. Organizza persino delle gare illegali».

A me scappa da ridere.

«C'è poco da ridere, cara» prosegue lui. «Poldo si è messo in testa di sfidare un altro minchione in carrozzina, Walter Saro...».

«Saro, quello che trent'anni fa aveva la pescheria qui dietro?» si anima Gilda.

«Sì, te lo ricordi?».

«E allora?!» li interrompo. «Che cosa è successo?»

Ottavio riprende la sua cronistoria. «Poldo ha cappottato. Sembrava un incidente gravissimo, in molti lo davano per spacciato. Si è schiantato contro il muro del palazzo qui dietro. Sembrava proprio morto, morto spiaccicato».

«Tanto la morte ci aspetta tutti al varco. Siamo arrivati al capolinea, amici miei» s'intromette Gianni Stella.

«*Tiè, jettatore!*» lo insulta Gaia Navi.

Gilda se la ride sotto i baffi e io pure.

Terminato il racconto delle disavventure di Poldo Lionello, Gilda e Ottavio si avviano al buffet a prendere una limonata. «Vuoi qualcosa?».

«Un panino, grazie».

Si allontana guardandomi strano.

Mi si avvicina la signora Zina, una delle due festeggiate. «Come sei bella...» sorridendo. «Clara, finalmente sei venuta...».

Io mi guardo attorno spaesata.

«Ho comprato tutto per il tuo compleanno, sai?» e mi prende la mano. «Faremo la torta e la decoreremo con il tulle rosa che ti piace tanto. E anche le caramelle. Contenta?».

Annuisco.

«Verranno anche le tue cugine da Brescia. Sarà una bella festa. Dopo esco per scegliere i fiori. Hai delle preferenze?».

«No...» le sorrido con lo sguardo dolce.

«Allora prenderò dei gigli. Sì, i gigli! Clara, che bello che sei venuta!» e si allontana.

Quando Gilda e Ottavio riappaiono domando loro chi sia Clara.

«Mmm, è una brutta storia. Era la figlia. È morta quarant'anni fa, poco prima del suo ventunesimo compleanno».

Me ne vado, Gilda verrò a riprenderla verso le cinque. Torno a casa sua e ne approfitto per pulire un po'. Lungo la strada ripenso alla signora Zina, alla macchina del tempo nella sua testa che la sballotta tra passato e presente, un flusso sfocato e continuo di miraggi e ricordi.

Mi chiedo se dipenda davvero da qualcosa di fisico, una specie di cortocircuito neuronale, o se invece la causa non sia di altra natura. Una volontà di sottrarsi all'oggi per riavvolgere il nastro dell'esistenza e approdare in un luogo diverso, un luogo senza dolore.

E mi viene in mente Gilda di cui non so nulla. E penso alla chiave e al suo segreto, alla sua brutta storia.

Accelero il passo per darmi più tempo. Più tempo per frugare tra le sue cose. Ormai ho deciso. Le voglio bene e devo conoscere la verità. Anche se lei si nasconde, anche se lei ne ha paura. Soprattutto perché ne ha paura. Non mi interessa stanarla né giudicarla. Voglio solo poter leggere dentro Gilda con la stessa chiarezza con cui lei, poco fa, ha letto dentro di me. Non è forse questa la vera amicizia? Svolto l'angolo e arrivo al cortile che sto quasi correndo. Faccio le scale a due a due. Quasi senza più aria apro la porta di casa.

Riprendo fiato solo davanti al comodino, sempre brutto, sempre lì, con le sue gambette tozze e leggermente ricurve.

Mi guardo attorno. «Dov'è? Dove l'avrà lasciata?» penso a voce alta. «Eccola!». Frugo nella tasca del cardigan grigio e le mie dita si serrano intorno al metallo freddo e prezioso della piccola chiave.

Un *clic* e il cassetto si apre.

Lentamente soffio fuori l'aria.

Un plico di fogli legati con lo spago. Lettere. La prima comincia così: *Un anno di lettere per te.*

Ma la furia di un attimo fa mi ha abbandonata di colpo. Chi sono io per continuare a leggere, per violare il suo segreto? Sono solo una ragazza presuntuosa e invadente, una che dovrebbe riordinare, spazzare per terra e pensare ai suoi, di problemi.

Col viso rosso di vergogna rimetto via tutto, il plico di lettere, lo spago. La chiave gira nella serratura. Come se nulla fosse accaduto. Come se quelle parole "*per te*" non mi fluttuassero ancora davanti agli occhi, misteriose e dolenti.

Prima di andare a dormire prendo l'iniziativa. Fallo, così ti levi il pensiero!, mi ripeto tra me da tutta la sera. Non ho neppure cenato, il dubbio mi leva la fame. Ho detto che non stavo bene e mi sono chiusa in camera mia. Voglio stare un po' sola.

Tolgo il velo di cellofan, leggo le istruzioni come se riguardassero un'altra e non me. Così inebetita da non sentire neppure paura. Lo faccio, vado in bagno, chiudo la porta.

Questo aggeggino sembra una penna. Mi dà fiducia, a me sono sempre piaciute le penne. Seguo le istruzioni con scrupolo e aspetto i tre minuti prescritti. Di sicuro comparirà un'unica linea. Se sono due mi ammazzo.

Uno: che bel numero.

Dunque lascio lo stick sul lavandino, torno nella mia stanza, mi siedo sul letto e aspetto. Di colpo realizzo di sentirmi tranquilla, come se sapessi già che tanto andrà tutto bene. Ho un sesto senso, io, che prima delle catastrofi mi avverte. Sono rilassata.

Ancora un minuto.

Sfoglio una rivista, giocherello col mio bracciale, conto. Perfetto, conto. Ci sono quattro appendiabiti bianchi, sei cassetti per la biancheria colorati, otto graffette sul mio comodino, nove matite.

Basta, non ne posso più, sono passati tre minuti e due secondi.

Mi precipito in bagno. Penna non fare brutti scherzi!

Okay, la tengo tra le mani e… svengo.

Novembre

Il punto segreto del mondo è l'amore.

Congiunge le cose, le persone. Il primo, il più importante, è quello tra la mamma e il bambino. Un'unione di cuori, un doppio battito.

È eterno.

Io lo provo per te, perché il contrario sarebbe impossibile.

Tu devi odiarmi, piccolo mio, e non ce la faccio a sopportare l'idea.

Io ti amo, invece, come è naturale che sia.

Non rifarei mai quello che ho fatto. L'ho già detto, sono stata una vigliacca. E non c'è giorno che non paghi per questo.

Il mio cuore ormai è come novembre, con la vita che muore.

Gilda

18

Quello che resta

Riapro gli occhi accoccolata accanto al water. Guardo l'ora lampeggiare sulla sveglia digitale: sono le 23.23. In mano la penna con le due lineette. Impossibile sbagliarsi. Mi sollevo piano e mi metto a sedere. Stranita. Traumatizzata. Seduta sul water e incinta.

«Sono incinta!» e inizio a ridere come una matta, con le mani che tremano. Torno in camera, mi stendo e scoppio a piangere. Incinta?! Porca miseria! E adesso che faccio? Incinta incinta incinta.

Mi rimetto in piedi sempre più incinta: ogni minuto che passa sempre più incinta, con *il Coso* dentro che cresce. Guardo l'ora: 23.48. Incinta. Si nota già?

La pancia è un po' gonfia ma, no, non si vede.

Merdamerdamerda.

Con le mani sul ventre a pensare che non sono più sola, siamo già in due. Io e il Coso.

Immagino la faccia di Riccardo quando glielo dirò: mi bacerà e mi stringerà forte, una luce d'amore e di euforia dentro agli occhi. Penso a lui, agli ultimi giorni. Sì, è proprio così che andrà.

Mezzanotte e un quarto: il buio e la paura, come uno schianto. Paura della trasformazione fisica, tanto per cominciare. Mi vengono in mente tutti i programmi sul parto che ho visto su Real Time: corpi sfatti, visi stravolti, grida inumane e quei mostriciattoli sanguinolenti che sgusciano fuori e ti sbavano addosso.

Poi le ostetriche. «Complimenti, mammina» e le puerpere che con espressione bovina giurano che è stata «l'esperienza più bella del mondo».

«Cioè, ti cambia la vita!».

Ci credo che te la cambia, voglio dire, ti apre in due!

Poi, come in un incubo, vedo mia madre barricata in casa per la vergogna, una maschera di *sfinimento* e dolore. Pianti e grida in pseudosiciliano: *figghia figghia mia che facisti, t'ha da maritari!* A strapparsi le vesti e i capelli.

Okay, ho un attacco di panico: vado in iperventilazione e devo soffiare dentro un sacchetto. Odddiooooooooooooo.

Respira Doralice, respira. Respira per due, che sei incinta.

Non so cosa fare, con chi parlare. Non oso svegliare Gilda, che sicuramente ha già capito tutto. Faccio il numero di mia sorella ma aggancio subito. Non c'è nessun altro.

Mi infilo una tuta e faccio per scendere. Riccardo, assonnato, mette la testa fuori dalla sua camera. «Dove vai?».

Balbetto che non riesco a dormire per il mal di pancia e che faccio una corsa alla farmacia automatica. Mi fiondo fuori prima che possa fare altre domande o offrirsi di accompagnarmi. Non voglio che mi veda adesso, spiattellerei tutto. Ho bisogno di tempo.

Devo camminare, quando sono nervosa è l'unica cosa, mettere un passo davanti all'altro.

La città dorme. C'è così tanto silenzio che mi sembra di udire il mio cuore che batte. Davvero non so se piangere o ridere, sono scombussolata. Una trottola impazzita.

Diventerò madre. Questo diventerò. E punto.

I vecchi sostengono che un bambino è sempre una bella notizia. Ma se Riccardo non ne volesse sapere?

Se penso a Beo però mi spunta un sorriso. Un bambino tutto mio che potrebbe essere *nostro*.

Mi siedo sulla prima panchina a fantasticare.

Basta un'immagine e la paura molla la presa: noi quattro al mare, che passeggiamo lungo la riva al mattino presto.

Ci torneremo ogni anno, a fare i bagni e i castelli di sabbia.

«Mamma, posso entrare in acqua? Due ore sono passate!».

Ci saranno i gabbiani sopra la testa e Riccardo ci scatterà mille foto, io fingerò di arrabbiarmi. «Quand'è che la pianti?». E lui senza badarmi. Penso al bambino con i miei occhi e le sue mani grandi, il naso di mio papà e il sorriso di Beo a riempirgli la faccia. Una faccia tonda come la mia.

Ma presto la paura ritorna a trafiggermi il cuore.

Cosa resterà di me, dei miei desideri? Della Doralice che

avrebbe voluto conquistare il mondo? Cosa resterà dell'amore? E se io e Riccardo finissimo per stare insieme solo perché sono incinta?

Forse diventare madre è così, un istinto che ti fa sentire da subito talmente piena da far traboccare tutto quello che c'era prima. E d'un tratto vorrei urlare a me stessa, al mondo, che in fondo è solo vita che pulsa, che preme.

Sono passati quindici giorni e ho fatto anche gli esami all'ospedale. Adesso non ci sono più dubbi. La dottoressa ha detto che sono al secondo mese. «Allora mammina...» con la mano sulla mia spalla. Confesso che ci speravo che il test fosse difettoso, che non fosse vero niente. Fino all'ultimo secondo.

Con un nodo in gola mi presento con Beo a casa di Gilda.

«Mi devi dire qualcosa di importante?» domanda scrutandomi in viso mentre beviamo del tè ghiacciato. Le finestre sono spalancate, c'è afa. Io però sento freddo, con il cardigan sulle spalle. Una bava d'aria solleva appena le tende bianche. Il chiacchiericcio che sale dai televisori oggi mi assorda. Beo si appisola sul divano, con la canottiera e i pantaloncini a righe.

«Quando tamburelli così con le dita significa che c'è qualcosa che ti preoccupa» sorride Gilda.

Prendo coraggio. «Sono incinta...» a bassa voce, tutto d'un fiato, già più leggera per il semplice fatto di averne parlato con qualcuno.

Gilda resta in silenzio, sorride, beve un altro sorso. «Un

po' lo sospettavo» incurvando il labbro alla sua maniera. «E non sei contenta?».

«Non lo so...» faccio spallucce.

«Riccardo lo sa?» mi incalza ansiosa.

«No». Tamburellio di dita sul tavolo.

«No?! Ma sei impazzita?» si alza di scatto.

«Da quanto lo sai?».

«Due settimane».

«Glielo devi dire! Perché non glielo dici? Perché? Hai paura? Allora credi che non lo vorrà...» e torna ad accasciarsi sulla sedia. Con le mani in grembo, stringe forte i pugni da far sbiancare le nocche. «E che farai se lui non lo vuole?» con la voce distante e lo sguardo perso.

Ripenso a quei fogli, a quel nome, Pietro, e mi domando chi sia.

«Dovevi stare più attenta! Sei una sciocca!» si arrabbia a un tratto. Ha gli occhi duri e il dito puntato in un gesto d'accusa.

«Gilda, basta» imploro, sforzandomi di decifrare il turbine delle nostre emozioni.

«Finirai come me!».

Afferra la borsa e se ne va chiudendo piano la porta per non svegliare Beo.

Vorrei chiamarla, chiederle perché mi tratta così, cosa ci sia di tanto orribile in quello che ho fatto, ma lei è già in ascensore e io torno in salotto col cuore di legno e l'ansia tra le mani.

E se davvero Riccardo non lo volesse?

Mi guarda, il comodino, mi spia con la sua voglia di farsi aprire, con il suo segreto che pulsa e chiama il mio nome. So dove tiene la chiave.

Un attimo dopo ho in mano il plico di lettere.

In mezzo ai fogli coperti dalla sua grafia elegante, qualche foto e buste ingiallite con indicato sempre lo stesso mittente.

Un anno di lettere per te

E se fossero appunti, materiali per un nuovo libro che languono in quel cassetto da decenni?

Attacco a leggere.

E in un attimo tutto mi è chiaro. È come se Gilda fosse lì, nuda, senza difese davanti al mio sguardo spudorato e colpevole.

Ha un figlio, la mia Gilda, un figlio che non è mai stato suo ma di una donna di Como.

Prendo in mano la lettera intitolata *Dicembre.*

E c'è un punto segreto in cui ci incontreremo,
e la vita non sarà più tanto buia.
Una luce per noi,
nel momento perfetto.
E allora ti canterò le canzoni che non ti ho mai cantato.
E ti abbraccerò come fa una madre col suo bambino.

Deglutisco, il petto stretto da una morsa feroce. È tutto il dolore di Gilda che mi preme sul cuore e non mi fa respirare.

Mi alzo e mi affaccio alla finestra in cerca d'aria. Il sole mi acceca, i bambini in cortile giocano e Gilda è seduta sulla panchina a guardarli. Mentre pensa a suo figlio: Pietro Barnini che vive a Milano.

Torno al divano e sciolgo il nastrino che tiene insieme una dozzina di foto. Pietro a un anno vicino a un camino spento, in braccio a una donna che sorride felice. Poi a tre, davanti all'albero di Natale, con le luci e i regali. Pietro in mezzo a un campetto da calcio, con la divisa e i compagni di squadra. Lo guardo cresciuto alla sua laurea. Alto, con la cravatta, la stessa espressione un po' corrucciata della sua mamma. Gli stessi occhi così malinconici e un broncio che lotta per trasformarsi in sorriso.

Non posso credere che Gilda abbia un figlio. Un figlio che sa: c'è una lettera della madre adottiva che racconta a Gilda di quando gliel'hanno detto. E della sua reazione, come se se lo sentisse da sempre.

Che pugno al cuore per lei. Pietro l'ha persino cercata. Ma lei ha continuato a nascondersi.

Il caldo e la pena mi danno l'affanno.

Che voragine deve avere dentro, Gilda. Un dolore mai rimarginato. Il parto è una cosa fisica: uno squarcio del corpo che produce un corpicino nuovo di zecca. Un distacco che si colma con il contatto, con l'ascolto, con gli odori e con la pelle. Il loro strappo è rimasto lì a sanguinare, senza mai smettere.

Ora capisco tante più cose di lei. Seduta su questo divano, accanto a Beo che dorme placido, con il suo segreto tra le dita.

Gilda, perdonami… È vero quello che dici. "L'amore è il punto segreto del mondo, l'unica cosa importante. Tutto quello che resta".

Beo si è svegliato. È tutto sudato. Una rinfrescata e un gelato dal freezer di Gilda e scendiamo di sotto. Lei è ancora in cortile, sulla panchina, a farsi mangiare dai ricordi e dalle zanzare e mi saluta con gli occhi bassi.

Più tardi, a casa, Riccardo non c'è. Beo e io ceniamo con un toast al formaggio, poi gli racconto la storia di *Brisby e il topolino coraggioso* e lo metto a dormire.

Aspetto Riccardo seduta sul divano, tesa come una corda di violino. È arrivato il momento!

Ho paura. Un quarto alle undici.

Le chiavi nella toppa e il suo viso stanco che mi sorride. «Ciao…».

Ti prego Riccardo non deludermi, amore…

Si siede e mi dà un bacio. Mi lascio stringere un po'. Lui fa le fusa come un gatto. «Devo parlarti» dico sforzandomi di avere fiducia.

«Perché hai le mani gelate?» chiede sfregandole tra le sue.

Uno squillo sul cellulare mi fa trasalire. «Rispondi, no?» mi fa lui, allungando la mano per porgermelo.

Chi può essere a quest'ora? «Pronto?».

«Parla Doralice Incanto?» una voce che non conosco.

Abbasso il telefono e fisso il vuoto impietrita. «No!» e mi sfugge un singhiozzo.

19

L'orario delle visite

Mi precipito in ospedale. Un edificio enorme, di dodici piani, troppo per una città che, al confronto, mi sembra d'un tratto piccola e indifesa.

Gilda l'hanno già portata in reparto, i medici dicono che ha avuto un ictus leggero e va monitorata. Non è in pericolo di vita, dunque.

Bevo un altro caffè senza decidermi a salire. Otto piani a piedi e l'ansia che mi fa tremare le mani.

L'infermiera, scorbutica, mi intercetta e mi dice di tornare domani mattina. «La contatteremo in caso di emergenza».

Hanno chiamato me perché c'è solo il mio numero vicino al telefono di Gilda.

Alle sette del mattino dopo sono di nuovo qui. «Devo vedere la signora Finzetta...» balbetto. Ho dormito pochissimo e la nausea mi serra la gola.

«Deve aspettare l'orario delle visite… Adesso non può entrare».

Fine della conversazione.

Mi siedo con la mia scatola di cioccolatini tra le mani. Non riesco a stare ferma, mi avvicino alla finestra.

Guardo il campanile, con la punta che sfiora una nuvola rosa, i tetti inghiottiti, i lampioni delle strade ancora accesi, le auto parcheggiate pronte a scattare tra qualche minuto, quando la città comincerà a svegliarsi, come alla fine di un incantesimo che si ripete ogni sera. La sala d'attesa piano piano si riempie, la gente chiacchiera di banalità: piove, fa caldo, il tempo è uno schifo, l'umido entra dentro le ossa. Otto piani più sotto c'è un cane che abbaia, riusciamo a sentirlo fin qui.

I medici passano parlottando fra loro, gli infermieri a passo veloce, con il piglio efficiente di chi non ha tempo da perdere. Tutti spariscono, inghiottiti dalle porte che a noi non è ancora consentito varcare.

Un quarto alle nove. Appare un'infermiera con la divisa verde. «Orario di visite» e spalanca le porte.

Mi sale l'ansia nel figurarmela stesa in un letto, inerme, fragile. Lei, secondo cui l'ospedale è un posto da vecchi piscioni. Con la puzza di morte che aleggia dentro le stanze.

«Piuttosto che ammuffire in un letto non mio, mi sparo un colpo. O meglio ancora, mi spari tu!». E sarebbe davvero capace di chiedermelo.

Indugio sulla soglia. Gli ospedali sono un universo a sé,

una specie di limbo, con i suoi tempi e le sue leggi. Luoghi che non sono di morte ma neppure propriamente di vita. Scapperei via, da tanta tristezza mi fanno. Ogni ospedale è un ricettacolo di sofferenza, serve a contenere il dolore e a celarlo alla vista di quelli che stanno bene, che sono felici.

Per non turbarli.

Quella di Gilda è la stanza di fronte ai bagni, la numero 8. Mi faccio coraggio ripensando alle parole del dottore. «Se la caverà» ed entro.

Dorme.

Mi avvicino piano per non svegliarla. È magrissima sotto la coperta pesante, con i capelli spettinati e gli occhiali sul comodino. Quando apre gli occhi sono la prima cosa che vede.

«La carta igienica qui è dura e mi graffia le chiappe!» rauca e arrabbiata.

Io scoppio a ridere e a piangere insieme.

«Guai a lei se mi fa ancora uno scherzo del genere!» singhiozzo. E Gilda mi stringe forte la mano.

È passata una settimana. Gli esami sono incoraggianti, ma il dottore dice che non può ancora dimetterla e che dobbiamo avere pazienza. Gilda ha una certa età e non è la prima volta che le succede una cosa del genere.

Vado a trovarla ogni giorno, Gilda mi aspetta.

A un tratto ha voglia di raccontarmi del suo passato, come se sentisse di non avere tutto il tempo del mondo. La ascolto senza farle domande mentre mi parla di sua madre, del suo bellissimo padre.

«E la mongolfiera… mi piacerebbe proprio rifare quell'esperienza, anche solo per pochi minuti».

Gilda ha gli occhi tristi. Io non lo so come ci si senta da anziani, ma credo che i bambini e i vecchi si assomiglino un po'. Vivono senza sovrastrutture e senza pretese, solo che i primi hanno lo sguardo puntato in avanti, i secondi dietro la testa, con la malinconia che li afferra a tradimento, con i rimpianti e la nostalgia.

Gilda così consapevole e così triste, circondata dai suoi fantasmi.

«Sai, Doralice, mio padre mi ripeteva che la vita è un fiume che scorre, tutto cambia, nulla è immutabile. Io invece sentivo che oggi era uguale a ieri e avevo la sfacciataggine di annoiarmi».

Mi guarda negli occhi e aggiunge che «di quelli che ho amato, alla fine, mi resteranno nel cuore solo le parole e i sorrisi. Goditi tutto, Doralice, ogni minuto. Non fare i miei stessi errori».

Mi chiede di me, come va con Riccardo, e se sto bene, o se ho ancora la nausea e tutti quei dubbi. Rispondo rassicurante che andrà tutto a posto, anzi, che va già molto meglio. Non sono qui per parlare dei miei problemi.

«Ti devo chiedere un favore…» dice dopo un breve silenzio, cambiando tono.

«Certo, Gilda, qualsiasi cosa…».

«Vorrei che chiamassi Pietro, mio figlio».

Mi dice che il numero di telefono è in camera sua, in mezzo alle foto e alle bambole, insieme a un diario. Mordendomi il labbro per la vergogna, annuisco fingendo di non saperne nulla.

«Nel comodino vicino al divano ci sono le lettere. Puoi leggerle, se ne hai voglia. E ti prego, portamele, quando vieni la prossima volta».

«Domani» rispondo inghiottendo una lacrima. «Torno domani».

E la abbraccio per quello che sembra un tempo lunghissimo.

Davanti al portone di Gilda mi aspetta il signor Ottavio. Si informa sulla sua salute stropicciando un cappello di paglia tra le dita nervose.

«Non sapevo come rintracciarti…».

Lo tranquillizzo come posso.

«Allora domani mattina vado a trovarla» baciandomi sulla guancia. «Grazie, Doralice. Un'ultima cosa, secondo te…».

«Sì, gliele porti; adora le rose! Solo non si faccia beccare dalle infermiere» gli strizzo l'occhio.

Apro la porta di casa di Gilda e mi sembra di vedere lei in ogni angolo: seduta sulla poltrona a leggere; al tavolino di legno che gioca a carte; in camera da letto con il suo boa preferito al collo.

Forza, Doralice, si riprenderà!

Di nuovo sul divano, con il diario in mano, mi scorre davanti agli occhi l'intera storia. Gilda che scopre di aspettare Pietro, lo scandalo che segue, l'ostilità della madre di lui, le offerte di denaro, le accuse di averlo voluto "incastrare". E il suo uomo che svela tutta la sua debolezza, rinuncia a opporsi ai suoi, parla di carriera e confessa di non sentirsi pronto. Allora Gilda che torna a Venezia, in cerca d'aiuto, scoprendosi sola e vulnerabile come non mai.

E poi ancora i ricatti della famiglia di lui, le insistenze che «sarà meglio per tutti», soprattutto per Pietro, crescere presso quei parenti di Como che non possono avere figli, in seno a una famiglia vera, normale. E Gilda che cede per debolezza, per paura, per la sensazione di non essere all'altezza, di non saper coltivare l'amore, di non meritarselo.

Le ultime pagine sono strazianti.

> [...] Mancano ancora due mesi e poi ti conoscerò. Finalmente. E sarai Pietro e io la tua mamma. Quanto tempo avremmo per amarci. [...]

Poi ancora:

> [...] Oggi c'è stato un falso allarme e per qualche ora ho pensato che il momento di incontrarti fosse arrivato. Ma ti fai desiderare, come le persone importanti. Oh Pietro mio, manca così poco! [...]

[...] Ti ho tenuto finalmente tra le mie braccia. Così piccolo e mio. Mi viene da piangere a pensarci. Tutto l'amore del mondo sei tu. Tu, Pietro mio, solo tu.

Il diario finisce così, bruscamente come la loro storia.

E adesso me ne sto qui a leggerti, Gilda, con il Coso nella pancia. Penso al tuo dolore, al tuo amore mancato e mi chiedo che ne sarà di me. Non si nasce madre, lo si diventa poco a poco, con la fatica e la gioia, con l'amore e la paura. Con il cuore che frulla, incespica, esplode.

E capisco che è la cosa che voglio sopra ogni altra.

Potermi fidare, sapere che non sarò tradita, né lasciata sola, ecco tutto ciò che mi serve.

Alle nove del mattino seguente sono da lei in ospedale con le brioche calde. Le porto le lettere che mi ha chiesto e le accarezzo la guancia. Mi prende la mano e la tiene forte con la faccia di chi non ha chiuso occhio.

«Adesso sai tutto. So che mi giudicherai, del resto sono quarant'anni che io stessa non faccio altro, ogni giorno che Dio manda in Terra. Credevo di non avere abbastanza da offrirgli e ho fatto di tutto perché quella paura si trasformasse in realtà. La solitudine è stata la mia salvezza. E la mia punizione».

Oh, Gilda, che dici? Io, giudicarti? E dall'alto di che? Glielo dico senza parlare, carezzandole piano la guancia finché dalle ciglia si stacca una lacrima.

«Come sta il piccolo Beo?» rompe il silenzio lei dopo un po'.

«Bene! Ti manda questo disegno e il suo mantello da supereroe».

Le trema il labbro ma sa che non deve piangere adesso, o non riuscirebbe più a smettere.

«Sarebbe bello andarci con lui, in mongolfiera!».

Faccio segno di sì.

«Doralice... Hai parlato con Riccardo?».

Scuoto il capo.

«Comunque vada, non ti accadrà quello che è successo a me. Potrai vivere a casa mia, non sei sola!».

Poso la testa sul suo petto e resto lì immobile, al sicuro.

«Ti ho scritto una lettera, perché non so che cosa mi aspetta».

«Gilda, non dire sciocchezze! Presto ti dimetteranno e tutto tornerà come prima».

«Promettimi che la leggerai solo quando il piccolo sarà nato...» con la mano sulla mia pancia. La prima vera carezza che riceviamo.

«Lo prometto».

Ce ne stiamo un po' lì, a dirci in silenzio di non avere paura.

«Chissà cosa c'è dopo tutto questo. Dopo la morte, intendo» mormora Gilda sperando in una bella risposta.

Io resto zitta.

«Magari è un momento magico come quello che stiamo vivendo. Un momento perfetto che si ripete come un disco rotto».

«Forse hai ragione».

«Una specie di sogno…».

«Sì, sarà proprio così» sussurro piano.

Un quarto alle dieci. Beo è a letto da un po'. Riccardo arriva stanchissimo e si lascia cadere accanto a me sul divano.

«Ti aspettavo» mi esce in un tono un po' duro.

«Come sta Gilda?» si informa lui.

«Meglio, la dimetteranno tra due giorni. Per i primi tempi avrà bisogno di maggiore assistenza. Dovrà prendere molte medicine e sperare che funzionino».

Riccardo annuisce. «Di cosa volevi parlarmi?».

La sua faccia seria non mi dice niente di buono. Tamburello le dita sul bracciolo e cerco di farmi coraggio.

Non ci sono giri di parole possibili, devo dirglielo e basta. È una bella notizia, dopotutto.

«Sono incinta» così, di brutto.

Lui mi guarda senza scomporsi. «Come hai detto?».

«Hai sentito bene. Aspetto un bambino». Apro le mani e accenno un sorriso.

«Incinta?» domanda in un soffio.

Perché non mi abbracci? Perché non mi getti le braccia al collo e mi urli che è fantastico, la cosa più bella del mondo? Perché non mi ami anche tu?

«Ma quando, com'è successo?».

«Vuoi che ti faccia un disegno?» mi innervosisco io.

Riccardo si alza e subito si risiede. «Da quanto tempo lo sai?».

«Venti giorni, più o meno...».

«Perché diamine non me l'hai detto prima?».

Io scoppio a piangere e mi odio per questo. Come una scema, con lui che mi continua a domandare perché. Devo andarmene di qua, devo andare via, mi manca il fiato. Fuori da questa casa, fuori, via. In cerca di aria, ho bisogno di respirare.

Corro in camera sbattendo le porte, con i nervi che mi divorano, la faccia rossa e gli occhi gonfi. Prendo una borsa e ci metto dentro le prime cose che trovo.

«Dove vai?» mi chiede Beo sfregandosi gli occhi con la manina sulla maniglia della porta.

Non lo so come facciano i bambini a capire quando succede qualcosa di brutto, un sesto senso, probabilmente. Mi prende per la maglia con gli occhi pieni. «Dove vai?» sempre più disperato. Gli do un bacio e scappo. Scappo nel vero senso della parola, scappo prima di sentirmi male.

Riccardo non fa nulla per fermarmi. Resta dov'è, inebetito e immobile.

Mi precipito giù dalle scale. Devo solo andare via, un passo davanti all'altro.

In piazza del Convento mi accascio su una panchina, ho freddo, piango e sono sola.

20

Finalmente insieme

È una settimana che non si fa sentire, una settimana che non vedo Beo. Gilda mi ha dato una copia delle sue chiavi. Il giorno che l'hanno dimessa mi sono presentata qui. Lei mi ha accolto nel lettone senza che io riuscissi a smettere di piangere. Non mi ha chiesto nulla, mi ha fatto una tisana e ha cercato di calmarmi.

Non posso credere che sia finita così, non posso. Ho gli occhi di Beo impressi nel cervello. L'ho abbandonato. Cosa mai avrà potuto inventare suo padre per spiegare la mia fuga in piena notte?

Mi manca e mi manca anche Riccardo.

Mentre Gilda era ancora in ospedale ho scritto a Pietro, che mi ha telefonato tre giorni fa. Non sapevo cosa dirgli, me ne stavo con il cellulare in mano, muta come un pesce. Poi, di getto, gli ho chiesto di venire a trovarmi. E lui ha accettato.

Ci siamo incontrati vicino alla stazione.

È identico a lei, con il suo naso, lo stesso cipiglio e gli stessi occhi verdi, intelligenti e malinconici.

È robusto e porta gli occhiali. La sua camminata ha un che di goffo che fa tenerezza.

All'inizio se ne stava in silenzio e io pure.

«È bello qui» guardando gli alberi che circondano il piazzale.

«Dunque non è che non mi volesse...» ha preso il coraggio a due mani. «Non ha potuto tenermi».

Allora gli ho parlato delle lettere.

«Dopo la laurea ho deciso di suonare. Faccio il jazzista».

«Davvero? Gilda ne sarà orgogliosa!».

«Viaggio molto, sono appena tornato da Berlino» accennando un sorriso.

Ho provato pena, per lui e per lei.

«La mia famiglia non era d'accordo. Avrebbero voluto che mi iscrivessi a Ingegneria come mio nonno, ma a me proprio non interessava».

«Vivi a Milano?».

«Sì, vicino ai Navigli. Ci sei mai stata?».

«Qualche volta» faccio spallucce.

È una vita, dice, che ci riflette, che cerca un perché.

Gli ho lasciato l'indirizzo di Gilda e gli ho raccontato che, con le belle giornate, il pomeriggio verso le cinque lei va a leggere giù in cortile, sotto al pesco. Ha promesso che verrà e ci siamo salutati.

Ha mormorato un «grazie» e mi ha stretto forte la mano.

Questa mattina mi ha richiamato: «Credi che oggi sia il giorno giusto?».

«Certo che lo è».

A Gilda non dico una parola. Se gliene parlassi si agiterebbe, mi direbbe che non se la sente, che non ce la fa.

Mattina e primo pomeriggio trascorrono come al solito. Alle cinque scende a prendere il fresco come ogni giorno. Io l'accompagno, mica mi fido a lasciarla da sola con l'emozione che sta per travolgerla.

Ci sediamo sulla panchina a mangiare un gelato, lei si immerge nella lettura del suo amato Proust.

E poi arriva Pietro. Alto, goffo, con in mano dei fiori. Impaurito e serio. Con la giacca un po' stretta delle occasioni importanti, nonostante il "fresco" sia relativo.

Ha gli occhi di uno che ha cercato tanto. Un po' tristi e un po' fiduciosi. Gli occhi di uno che aspetta da tutta la vita.

Esita per qualche istante, poi viene verso di noi con il suo passo dondolante da orso buono.

L'espressione concentrata come quando c'è da soffiare la prima nota. E in qualche modo è la prima nota per loro, una nota leggera che attacca piano.

Gilda alza lo sguardo dal libro solo quando Pietro le piazza quell'accaldato bouquet sotto il naso.

Senza fiato, con l'espressione attonita e lo sguardo incredulo, mentre il libro le scivola dalle mani. Si osservano a lungo senza parlare.

Poi lui le si accascia in grembo.

Lì, nel punto da dove proviene.

A piangere con l'abbandono di un bambino.

Gilda gli prende la testa e gliela accarezza dolce, e intanto piange anche lei.

Il sole del tardo pomeriggio li scalda, il cielo li guarda, i bambini continuano a giocare in mezzo al chiasso che non dà tregua. Passa un camioncino con un tizio che grida a squarciagola; tre cani si contendono una pallina; una vecchia borbotta a braccetto della badante che intanto parla al telefono in russo. Un bambino cade dalla bicicletta e si sbuccia un ginocchio in quello che, per lui, diventa un pomeriggio da dimenticare.

Ma Gilda e Pietro sono al sicuro, chiusi in un lungo, struggente istante che macina via le paure e gli anni.

Quella sera non le faccio domande, aspetto che sia lei a parlare. Nella cornice della finestra spalancata conto una dozzina di stelle. La mezza luna è un sorriso un po' sghembo che mi sforzo di ricambiare.

La pancia inizia a vedersi. La nausea è quasi un ricordo. Uno sfarfallio lieve come un battito d'ali, ecco tutto quello che avverto. Gilda, come ogni sera mi posa la mano sul ventre sperando di intercettare il primo calcio.

«È ancora troppo presto…» mi sorride. «Io l'ho sentito davvero attorno ai cinque mesi». Stasera ha lo sguardo diverso, più limpido.

«Andrà tutto bene, Doralice, vedrai».

Pietro le ha promesso che verrà a trovarla ogni mercoledì alle cinque, per un mese, fino a quando non termineranno le sue serate da queste parti.

E d'un tratto il suo è davvero il migliore dei mondi possibili. Come se all'improvviso tutto avesse un senso, un punto di fuga verso cui convergere.

Mi torna in mente Pascal: «Tra noi e l'inferno o il cielo c'è di mezzo soltanto la vita, che è la cosa più fragile del mondo».

Sono passati altri tre giorni.

Manca mezz'ora alle sette, le rondini si rincorrono tra ritagli di cielo in mezzo alle scatole piene di corpi e di rumore che chiamiamo case. Fa caldo.

Io e Gilda scendiamo a fare due passi al parchetto di fronte, non c'è un refolo d'aria e tutto quello che riesco a pensare è: *Dio, fa' che piova davvero*. La TV dice che stanotte ci sarà un temporale, uno di quelli violenti, impressionanti, che a me piacciono tanto.

Non li sento, Riccardo e Beo, non li ho più sentiti da quella notte.

Al pensiero di diventare madre da sola mi sento male. Un funambolo sul filo che sta per spezzarsi, una sciocca che non aveva capito nulla e si è lasciata cullare dalle illusioni. Mi accarezzo spesso la pancia, perché è una bella sensazione. So che il Coso è lì, magari dorme, ma ho comunque paura. Di non farcela, di dover affrontare la mia famiglia, di scoprirmi una pessima madre.

Gilda lo sa come mi sento, lo sa esattamente, e in questo momento, senza parlare, mi prende la mano. La serra dentro la sua, rugosa e secca come carta vetrata.

Al parco ci sono un sacco di bambini sudati, felici di essere finalmente all'aperto.

Le loro mamme in canottiera e sandali e qualche vecchio con la camicia chiusa al collo e un pullover sulle spalle. Certi vecchi hanno sempre freddo.

L'afa mi stringe il petto. Lo sferragliare dei tram mi fa vibrare il cervello, e le urla dei giochi mi si appiccicano addosso fastidiose come le punture delle zanzare.

Ho la gonna incollata alle gambe.

Gilda va a prendersi una granatina alla menta.

«*Scei* qui!».

Mi brillano gli occhi: è la vocetta di Beo, inconfondibile.

«Beo…». Due braccine calde che odorano di citronella. «Beo!» stringendolo forte.

«Dove *scei* andata? *Scei* andata a *Niu Yok*?».

«Sì, proprio così…» sorrido io. «Dall'altra parte del mondo!».

I miei occhi vagabondano per il parchetto. «E il papà dov'è?». Sento le ginocchia che tremano e il cuore pulsarmi nel collo.

Dove sei, Riccardo? Dove sei?

Gilda ci osserva senza sorridere, i bambini si rincorrono,

le rondini garriscono, le urla e il chiacchiericcio si addensano tutto intorno a me. Mi gira la testa.

Poi lo vedo. Non muovo un muscolo. Ci guardiamo con gli occhi dolci. Rimango impalata, non sapendo che fare.

Dio come sei bello Riccardo, come sei bello amore mio, come sei bello! Lui si avvicina lentamente finché a separarci restano solo pochi centimetri.

«Vado da Gilda!» urla Beo mentre lei si sbraccia e lo chiama a squarciagola.

Camminiamo.

«Come stai?» dopo qualche istante.

«Così...».

E Riccardo si zittisce di nuovo, l'espressione imperscrutabile.

«Parlami, Riccardo, dimmi qualcosa!».

«Io... io» balbetta.

Allora gli vomito addosso tutta la mia rabbia. Lui incassa impotente, come un pugile all'angolo.

Sto gridando, la gente ci guarda.

«Cosa vuoi che ti dica?» cattivo. «Che ho paura, paura di innamorarmi, paura che anche tu possa morire? Paura che non saremo fortunati? Cosa vuoi che ti dica, Doralice, che ti amo? Davvero vuoi stare con uno come me, un sopravvissuto?» con gli occhi che bruciano.

Allora mi getto tra le sue braccia. Stremata, senza più forze.

«Ho tanta paura anch'io».

Mi stringe a sé, la testa sul petto, le mani tra i miei capelli. Appoggio l'orecchio proprio sopra il suo cuore.

«Ti amo...» sussurra.

Gli stringo le braccia attorno alla vita, mi bevo quel suono che sa di buono.

«Ti amo dalla prima volta che ti ho visto, Doralice Incanto!».

«*Ahhh, che caro!*» commenta il pubblico dei giardinetti estasiato. Manca solo l'applauso.

«Sposami!» mi travolge lui.

«Cosa?».

«Sposiamoci!».

L'applauso arriva davvero e la voce rauca di Gilda che grida «Era ora!». Beo ci saltella incontro.

«Ma allora anche Lice ha mangiato un bambino?».

«No...».

«Le cresce nella pancia? Come un fiore?» perplesso.

«Sì, proprio così».

«Sara dice che se non mi taglio i capelli mi vengono i fiori in testa e i cani ci fanno la pipì sopra!».

Gli schiocco un bacio e insieme ci avviamo verso casa, nella sera resa più scura dal temporale in arrivo.

Doralice mia,

per me sei stata il ritorno alla vita, il dolce e l'amaro, il sole di nuovo. Non ci sono parole per raccontare il bene che ho per te.

E non smetterò mai di ringraziarti per avermi aiutata a trovare il coraggio di incontrare Pietro.

Da sola non ce l'avrei mai fatta.

Se al male rispondi con il male, diventi male anche tu.

Segui i miei consigli: ama solo chi se lo merita e quando sei triste, balla. Nel salotto della tua casa, con la musica che spacca i timpani.

Prendi la pizza tutte le volte che non hai voglia di cucinare e colleziona bei film. Leggi con la curiosità dei bambini, perché le storie fanno girare il mondo. E concediti di ridere spesso, è tutta salute!

Ringrazia ogni giorno
per l'aria che respiri,
per il caffè della mattina,
per il sole che ti scalda i pensieri.

Io vorrei che il mio "dopo" fosse un soffio di vento leggero. Una cantilena buona come il fruscio del mare. Un dolce affondare in acque profonde.

So per certo che esiste un ordine per ogni cosa: i calzini sono in coppia, gli orecchini sono in due, dagli amori nascono i figli, dai figli i nipoti. È il cerchio della vita, così si dice.

Ma, ricordati, c'è sempre una fessura nascosta da cui entra qualcosa d'altro.

A volte è qualcosa di buono, altre l'opposto. Un giorno vinci e quello dopo perdi.

Ma quando tra vent'anni ti guarderai allo specchio, fai in modo di riconoscerti, restati fedele. Non tradirsi mai è la cosa più importante, la più difficile.

Se capisci che stai con qualcuno solo perché la solitudine ti spaventa, prenditi un cane.

Ama solo quando ne vale la pena.

Ma se l'amore arriva, spalanca la porta e invitalo a entrare. Curalo come una cosa viva, perché altrimenti si prosciugherà prima che tu abbia tempo di accorgertene. E buttati nelle cose a capofitto, rischia, vivi, lavora, non restare a guardare. Combatti, perché sarà più dura di quanto tu creda. Ma anche bellissimo, Dio, come sarà bello!

Certi giorni la vita sarà dolce come l'aria di maggio, altri ti sembrerà un eterno novembre.

Lasciati amare, prometti di lasciarti amare. Senza sensi di colpa, senza freni, senza paura.

Perché gli anni fuggono via mentre i rimpianti restano al tuo fianco per sempre.

E te lo dice una vecchia che di vecchio ha anche il cuore, ma gli occhi no, quelli adesso guardano avanti.

Non vivere in un eterno congedo, ma conosci, aiuta. Fa'.

Solo così la tua valle ti sembrerà meno amara.

Perché ricorda, Doralice, alla fine sono le piccole cose della felicità a contare davvero.

Gilda

Epilogo di Doralice

Nel mio mondo ideal

Seduta tra Beo e il Coso, muovo la culla col piede e intanto canto la mia canzone preferita da (Dor)*Alice nel paese delle meraviglie*. Riccardo ci sorride dal divano. Musica, maestro!

«Le bestiole / anche lor vivrebbero in casette / ben vestite in guanti con scarpette / nel mio mondo ideal...

Se un ruscello / odi mormorar / potrai capir di cosa vuol parlar / che bellezza / adesso che quel mondo delle meraviglie c'è».

P.S. Tra sei mesi, quando il piccolo sarà svezzato, affronterò una nuova avventura professionale. No, niente carlini da portare al parco, stavolta, né adorabili vecchie bisbetiche da domare. Non indovinerete mai: il mio professore si è messo una mano sul cuore e mi ha finalmente offerto una borsa di ricerca. Il tema? "Influenze pascaliane nella scrittura di Antonia Finzetta". Un abbraccio e buona fortuna a tutti,

Doralice

La mongolfiera

È notte piccolo mio,

tra poco andrò a dormire, ma prima ti voglio raccontare del mio giro in mongolfiera con Beo e Doralice.

Ecco, per me la gioia è anche questa.

Le risate che ci hanno preso, inaspettate e vere, la vertigine e l'emozione.

Su fino al cielo, nel posto più bello che c'è.

Oltre il confine.

A guardare le cose da una nuova prospettiva.

Con l'aria che ti sveglia i polmoni.

È la stessa bellezza di quando ci sono stata con mio padre, tanti, ma tanti anni fa.

Spero che anche tu, bambino mio, possa sentirti nel cuore un'aria così, pura e fresca.

Che possa volare più libero e in alto, perché dalle nuvole non si cade.

Se chiudo gli occhi mi sembra ancora di sentire le rondini.

Fai buoni sogni.

La tua mamma

BEO

Ringraziamenti

Ringrazio tutta la mia grande famiglia, i miei genitori, le mie sorelle e Grein per avermi sopportato e per continuare a farlo, ogni giorno dalla mattina alla sera, anche quando sono fastidiosa come una zecca.

Laura Ceccacci, la mia agente e amica, per aver creduto in me, per esserci stata sempre e per la nostra avventura cominciata insieme.

La mia editor del cuore Francesca Cristoffanini, che in questo libro ha messo tanta passione, per l'aiuto prezioso.

E il mio editore De Agostini che, dandomi fiducia, mi «ha spalancato la porta di un nuovo meraviglioso mondo».

Strizzo l'occhio a chiunque, leggendo queste pagine, ha sentito di *vivere nel migliore dei mondi possibili.* Questo abbiamo, dopotutto, e di sicuro avrebbe potuto andarci molto, ma molto peggio.

Concludo allungando la mano per afferrare quella dei miei personaggi, Doralice, Gilda e il piccolo Beo, sapendo che li porterò sempre con me.

Finito di stampare
nel mese di aprile 2015
presso PuntoWeb Srl – Ariccia (RM)